विकल आवाज

खानचन्द विकल।

क्रम-सूची

1
आवारा पंछी

सुमित ने सुनीता को कई बार कॉल किया मगर हर बार उसका मोबाइल स्विच ऑफ आ रहा था ।वह अधिकतर शाम 5:00 बजे तक वापस आ जाती थी किंतु आज जब 7:00 बजे तक भी न लौटी तो सुमित का दिल किसी अनजान भय से भयभीत हो उठा ।उसने अपनी

ससुराल भी फोन किया किंतु उसकी सास ने उत्तर दिया कि वह वहाँ नहीं पहुँची है । समय के साथ-साथ उसकी बेचैनी बढ़ती जा रही थी, वह न जाने क्या सोचकर अलमारी में रखी उसकी पुस्तकों को देखने लगा उसे पुस्तक से झाँकता हुआ एक कागज दिखाई दिया उसने झटके से उसे बाहर निकाला और पढ़ने लगा उसे पढ़ते पढ़ते वह गिरने वाला था कि पास पड़े सोफे ने उसे सँभाल लिया ।सुनीता ने लिखा था

प्रिय सुमित खुश रहो ।

मुझे आप से कोई शिकायत नहीं है आपने मेरे साथ जो कुछ किया है उससे उऋण तो न हो सकूँगी। चाहती थी कि तुम्हें सब कुछ साफ-साफ बता दूँ किंतु आपके एहसानों का बोझ इतना है कि आपके सामने कुछ भी कहने का साहस न हुआ । मैंने जो माँगा वह आपने दिया । शायद किस्मत को कुछ और ही मंजूर है । मैंने दिल को समझाने की बहुत कोशिश की किंतु------ आप मुझे भूल जाइए। शायद मेरा तुम्हारा साथ सिर्फ 5 वर्ष के लिए ही था, अब शायद तुमसे कभी ना मिल सकूँगी । हो सके तो क्षमा कर देना।

आपकी सुनीता

सुमित सब कुछ समझ कर भी कुछ नहीं समझ पाया जिसके सपनों को साकार करने के लिए वह दिन रात एक किए था और लाखों रुपए के कर्ज के बोझ तले दब गया था वह उसे यूँ उसे छोड़ कर चली जाएगी ।उसका मन इस बात को मानने के लिए तैयार न था ,उसने अपने आप को अपने घर के एक कमरे में कैद कर लिया। किसी से बताता तो क्या बताता , आखिर माँ ने अपनी कसम देकर पूछ ही लिया । सारे घर में मातम छा गया ।

सुनीता मृदुभाषिणी थी, आकर्षक, सुशील व सुंदर थी। उसके बारे में सोच सोच कर सुमित का बुरा हाल था।। धीरे-धीरे पड़ोस में भी सुनीता के पत्र के बारे में लोगों को पता चल गया। सुमित के घर

पड़ोसियों का ताता लगा रहता, कोई कहता है कि भाई औरत जात को ईश्वर भी नहीं समझ पाया, हम मनुष्यों की क्या बिसात है जो त्रिया चरित्र को समझें । देखने में तो देवी से सदृश थी निकली पूरी डायन । महिलाएं अलग-अलग टिप्पणी करती हुई कहती , हमे तो उसके चाल चलन पर पहले ही से शक था । वह बहू की तरह कब रहती थी बेटी की तरह कूदती फिरती थी । कहती थी इज्जत मुँह ढकने से नही मन से होती है ।कोई कहती ऐसी थी,ऐसी तो नहीं थी कोई जादू टोना करके तो नहीं ले गया । एक बोली इसने तो खानदान की नाक कटा दी, ऐसी बेटी के माँ-बाप को तो चुल्लू भर पानी में डूब मर जाना चाहिए । दूसरी बोली तुमने कभी उसके पैरों की तरफ देखा, किस तरह पट पड़ते थे जिन औरतों के ऐसे पैर होते हैं वे घर के लिए शुभ नहीं होती । अच्छा हुआ सुमित बर्बाद होने से बच गया । एक अन्य महिला ने उसकी हाँ में हाँ मिला कर अपनी सहमति दी, तभी इमरती बुढ़िया बोल पड़ी 5 साल में भी जो सास को पोते का सुख न दे सके, उससे छुटकारा पाने में ही समझदारी है ।सुमित की किस्मत अच्छी है जो खुद ही छोड़ कर चली गई। सुमित को न चाह कर भी बहुत कुछ सुनना पड़ रहा था। सुनीता की सूरत उसकी आँखों के आगे से हटती ही न थी ।

लाख कोशिशों के बावजूद भी वह अपना दोष न ढूँढ पाया था। जो भी सुनीता ने उससे कहा वही उसने बिना सोचे समझे दिया फिर ऐसा क्या हो गया कि वह उसे छोड़कर चली गई । उस पर कितना भरोसा करता था उसकी इच्छा पूर्ति के लिए अपने माता पिता की आज्ञा की अवहेलना भी कर देता था और उसका प्रतिफल उसे ये मिला ।उसे दुनिया से विरक्ति होती जा रही थी , वह कहीं भाग जाना चाहता था, उसका मन करता था कि इन सांसारिक बंधनों को तोड़कर कहीं दूर ,बहुत दूर हिमालय की गुफाओं में चला जाये किन्तु मां बाप के आँसू उसे किसी तरह रोके हुए थे ।

इसी भाँति 15 दिन व्यतीत हो गए सुमित के पिताजी ने सुनीता से के पिताजी से बात करना उचित समझा। सुनीता के पिताजी बोले तुम ने मुझे बर्बाद कर दिया, अब मैं उसे कहां ढूँढूँ ।तुम्हें पता है सुनीता की माँ का क्या हाल है सारे जीवन की कमाई तुमने लूट ली। सुनीता को तुमने गायब किया है मैं चुप बैठने वाला नहीं हूँ । न जाने वह और क्या क्या कहता वह तो अच्छा हुआ कि नेटवर्क जाने के कारण मोबाइल का संपर्क टूट गया ।2 दिन बाद सुनीता का पिता 10 आदमियों की पंच टीम लेकर सुमित के घर आ धमका। सुमित ने के पिताजी ने भी गाँव के बुजुर्ग व समझदार लोगों को इकट्ठा कर लिया। ये अलग बात है कि उनके साथ तमाशबीन भी चले आए , सुमित की ससुराल वाले आए हैं यह समाचार गांव में जंगल की आग की तरह फैल गया । आदमियों के साथ परदे में महिलाएँ भी जमा होगयी।पंचायत प्रारंभ हुई सुनीता के पिता ने सरपंच के हाथ में शादी में हुए खर्च की लिस्ट थमा दी । बहुत सारा सामान समय के साथ समाप्त हो चुका था कुछ बुढ़ापे की तरह अपने जीवन के दिन पूरा कर रहा था । लिस्ट में सगाई से लेकर शादी तक की प्रत्येक वस्तु की कीमत अंकित थी । चार लाख का खर्चा बेटी वाले का हुआ था पंचों ने बेटे वाले से शादी में होने वाले व्यय का ब्यौरा माँगा। सुमित के पिताजी ने कहा कि उसके पास तो लिखित में कुछ भी नहीं है वैसे उसके ₹300000 खर्च हुए थे ।पंचों ने आदेश दिया कि तुरंत शादी में हुए खर्च का ब्यौरा दे ।आधे घंटे में लिस्ट तैयार हो गई सुमित के पिता जी दो लाख का हिसाब दे सके इसमें उन्होंने खाने-पीने पर खर्च होने वाले खर्च का ज़िक्र न किया था। फिर सुमित से पूछा गया कि उसने तो अपनी सुसराल वालों से कुछ लिया या दिया नहीं है ? सुमित अवाक रहा तो पंचों ने जोर देकर पूछा कि यदि कोई लेन देन है तो वह बताए अन्यथा बाद में कुछ नहीं सुना जाएगा। सुमित की मां बोल उठी थी उसकी पढ़ाई के लिए जो कर्ज लिया है इसपर पंचायत ने कहा कि वही तो हम जानना चाहते हैं कि दोनों पक्षों का कोई मोटा खर्च न छूट जाए। सुमित ने कहा कि सुनीता की पढ़ाई के लिए मैंने दादा ननकू से ₹100000 लिए हैं लेकिन वह मैं हिसाब में

नही जोड़ना क्योंकि वह तो मैंने अपनी पत्नी की शिक्षा पर खर्च किए हैं । विवाह के खर्च पर दिन भर दोनों पक्षों के पंचो में बहस होती रही किंतु नतीजा कुछ नहीं निकला ।

सुनीता के पिताजी चाहते थे कि उसे ₹400000 का नगद भुगतान किया जाए, कुछ इस विचार से सहमत भी थे किंतु अधिकांश चाहते थे कि सुनीता के पिता दहेज में दिए सामान को वापस ले ले और नकदी के नाम पर कुछ ने मांगे, उनका तर्क था कि उसके माता-पिता का दोष क्या है जो उन्हें दंडित किया जाए ? उन्होंने सुनीता को न सिर्फ ठीक तरह से घर में रखा अपितु शिक्षा ग्रहण करने का अवसर भी दिया । उसकी पढ़ाई के कारण उन पर कर्ज भी है।

रात्रिभोजनोपरांत सुनीता के पिताजी ने कहा कि अब पुराना सामान उसके किस काम का? कर्ज़ तो मैंने भी लिया है, मेरा तो सब कुछ लुट गया, पैसा भी गया बेटी भी गयी बदनामी भी हुई ।सुनीता के पिताजी को पंचो ने सांत्वना देकर सहानुभूति प्रकट की और उसे समझाया कि इसमें सुमित व उसके पिता का कोई दोष नही है व आपकी भी कोई गलती नही है ।यह सब समाज में होने वाले परिवर्तन का परिणाम है । खुलेपन का नतीजा है । बूढ़ा ननकू मुश्किल से खड़ा हुआ और बोला यह सब इस पढ़ाई लिखाई के कारण हो रहा है शिक्षा ने औरतों का दिमाग खराब कर दिया है अब इसी को देख लो पढ़ाई के चक्कर में बसा बसाया घर उजाड़ लिया। पंचायत का क्या वह पढ़ाई को कोसने लगी। धूलिया चाचा बोले क्यों तालीम को दोष देते हो? होनी को कोई टाल सका है आज तक। इंसान कितनी ही कोशिश कर ले जो भाग्य में लिखा होता है वह होकर ही रहता है, इंसान के पैदा होते ही उसकी किस्मत लिख दी जाती है। अरे उसकी तकदीर में धक्के खाने लिखे हैं जो ऐसे भले परिवार को छोड़कर चली गयी । अंत में दोनों पक्षों के पंचों ने सर्वसम्मति से निर्णय लिया कि बेटी वाले का जो सामान जिस हालत में है वह उसे ले जाए, बेटेवाले पर आर्थिक दंड उसके साथ अन्याय होगा ।

रात में दहेज के सामान को घर से बाहर निकाला जाने लगा जैसे ही पलंग से गद्दा हटाया एक मुड़ा हुआ कागज जमीन पर गिर पड़ा सुनीता के पिताजी ने उसे उठाया और देखने के पश्चात सुमित को सौंप दिया। यह सुमित के नाम सुनीता का पत्र था जो घर छोड़ते वक्त लिखा गया था इसमें लिखा था। प्रियतम ।

किस मुँह से कहूँ कि खुश रहो जबकि तुम्हें दुख देकर जा रही हूँ। जब तुम इस पत्र को पढ़ रहे होंगे तो मैं बहुत दूर जा चुकी हूँगी । आज मेरा मन तुमसे बहुत सारी बातें करने को कर रहा है मुझे वो दिन याद आ रहा है जब तुम मुझे देखने के लिए आए थे। सच तो यह है कि तुम मुझे एक आँख भी ना भाये थे किंतु परिवार के आगे मैंने सिर झुका कर सब कुछ स्वीकार कर लिया था फिर वह दिन भी आया कि दुल्हन बनकर तुम्हारे घर आ गई पता ही नहीं चला कि कब तुमसे प्यार हो गया तुम भी इंटरमीडिएट थे मैं भी बारहवीं पास थी पिताजी ने आगे पढ़ने ने दिया था फिर मैंने आगे पढ़ने का विचार ही छोड़ दिया था मुझे वह रात बहुत ही याद आती है जब तुमने मुझे खुशी-खुशी पढ़ने की इजाजत दी थी और उसी दिन से मैं तुम्हारी प्रीत की गुलाम हो गई थी जब मैंने व्यक्तिगत फार्म भरकर स्नातक की परीक्षा द्वितीय श्रेणी से पास थी तो तुम कितने खुश हुए थे आपका वह चेहरा निगाहों के सामने घूमने लगता है फिर आपने खुशी खुशी बीएड में प्रवेश दिलाया और मैं संस्थागत विद्यार्थी के रूप में अध्ययन के लिए शहर जाने लगी । कुछ दिन सब कुछ ठीक चला किंतु न जाने क्यों मैं ऐसी गलती कर बैठी जो न करनी चाहिए थी ।

रोहित कक्षा में मेरे पीछे वाली सीट पर बैठा था एक दिन उसने मुझसे मनोविज्ञान की किताब मांगी मैंने यूँ ही बिना कुछ सोचे उसे पुस्तक दे दी। 2 दिन बाद उसने वो पुस्तक मुझे लौटा दी, न जाने क्या सोचकर मैं उस पुस्तक के पन्नों को पलटने लगी , उसमें मुझे एक कागज मिला उसमें उसने मेरी काफी तारिफ की थी मैंने इस विषय में उससे कुछ न कहा और अपने व्यवहार को सामान्य रखा। 2 दिन

बाद उसने अर्थशास्त्र की पुस्तक माँगी जिसके लिए मैं इन्कार न कर सकी। अगले दिन उसने उसे लौटा दिया मैंने पुस्तक मिलते ही अपनी जिज्ञासा शांत की और इस बार भी पुस्तक में मेरी प्रशंसा भरा पत्र था , अगले दिन मैंने उससे उसकी अभ्यास पुस्तिका माँगी जो उसने मुझे खुशी खुशी दे दी । उसके पत्र के जवाब में मैंने भी पत्र लिखा और अपने बारे में सब कुछ साफ-साफ लिख लिख दिया । मेरा विचार था कि मुझे विवाहित समझ कर वह अपने पत्रों का सिलसिला बंद कर देगा मगर हुआ इसका उल्टा 2 दिन पश्चात उसने मुझसे मोबाइल नंबर भी ले लिया और मैं उसकी वाकपटुता के जाल में फँसती चली गई । कई माह तक दिल और दिमाग में जंग चलती रही। जानती हूं कि मैं तुम्हारे साथ बहुत बुरा कर रही हूं तुम एक नेक दिल इंसान हो रोहित से कहीं अधिक तुम पर भरोसा करती हूँ मगर दिल के आगे मजबूर हैं जो व्यक्ति जानबूझकर अपने आशियाने को जला रहा हो उसकी कोई क्या मदद करेगा मेरी कश्ती पार लगेगी या डूबेगी पता नही मगर मैंने तुम्हारा सफ़ीना डुबा दिया । रात दिन मुझे कोसना या एक बुरा ख़वाब सोच कर भूल जाना । हो सके तो मुझे माफ कर देना।

एक अभागी ।

सुमित के पत्र पढ़ते पढ़ते आँखें नम हो गई थी उसने स्वप्न में भी औरत के इस रूप के बारे में नहीं सोचा था ।वह शिक्षा की शक्ति को पहचान चुका था ,वास्तव में कलम के लिए घाव तलवार के घावों से अधिक घातक थे।

खान चन्द विकल।

2

दरोगा जी

सपने तो सभी देखते है किन्तु बहुत कम व्यक्ति ही अपने सपनो को साकार कर पाते है | अधिकांश व्यक्तियों को अपने कार्य क्षेत्र से

शिकायत रहती है, सब एक – दूसरे के जीवन को सफल समझते है |
अध्यापक, चिकित्सक के जीवन को सफल समझता है , चिकित्सक,
एक व्यवसायी के व्यवसाय को उत्तम समझता है, व्यवसायी, व्यापार
में घाटे का रोना रोता रहता है, वह सरकारी नौकरी को बढ़िया
समझता है, यहाँ तक कि बड़े – बड़े अफसर भी अपने कार्य से संतुष्ट
दिखायी नहीं देते है | जीवन में संतुष्टि का अभाव , तनाव को जन्म
देता है |

अकुशलता का सबसे बड़ा कारण अपने कार्य में रूचि का अभाव
होता है | रुचिनुसार कार्य मिल जाए ये तो सिर्फ कुछ सौभाग्यशाली
व्यक्तियों की किस्मत में ही होता है या कुछेक परिश्रमी अपने कार्य
में ही अपनी रूचि पैदा कर अपनी तकदीर बदल लेते है | उन्हें जीवन
से कोई शिकायत नहीं होती है उन्हें जो भी कार्य सौपा जाये उसी में
पूरी तरह से खो जाते है , वे प्रत्येक कार्य को पूरे मन से करते है |

रामगोपाल जी की किस्मत में शायद दरोगा बनना ही लिखा था
यूँ तो वे छोटे से गाँव राम नगर के , सीधे – साधे किसान दम्पति के
इकलौते पुत्र थे और बहुत ज्यादा प्रतिभाशाली छात्र भी न थे किन्तु
बचपन से ही उन पर दरोगा बनने की धुन सवार हो गयी थी | दरोगा
बनने का शौक उन्हें तब चढ़ा था जब वे जानते भी न थे की एक
दरोगा का कार्य क्या होता है? उनके इस शौक के पीछे भी एक घटना
का घटित होना है| जब वे पाँचवी कक्षा में पढ़ते थे तो उनकी बस्ती
के एक आदमी ने एक दूसरे आदमी की भैस को जहर दे दिया , उसने
पास के थाने में शिकायत की तो अपराधी को पकड़ने के लिये गाँव में
पुलिस आयी | उन्होंने सबके सामने अपराधी की जब मरम्मत की तो
उसने अपना जुर्म कबूल कर लिया गाँव के लोगो के दिल में अपराधी
के लिये सहानुभूति की लहर उठ रही थी और उन्हें इस बात का कतई
विश्वास नहीं हो रहा था की इकराम, डूंगर की भैस को जहर देगा |
उन्हें इस मामले में किसी तीसरे शख्स की साजिश लग रही थी | खैर
डूंगर की भैस गयी, उसकी इकराम से दोस्ती गयी और इकराम से

तीन हजार रूपये ले कर , केस को रफा – दफ़ा कर , अपनी टीम के साथ दरोगा जी भी चले गये |

इस घटना से जहाँ गाँव के लोगों में दरोगा जी का खौफ़ व्याप्त हो गया वहीं बालक राम गोपाल के मन में दरोगा जी फ़िल्मी हीरो की तरह बस गये | उसने उन्हें अपने जीवन का आदर्श बना लिया और रात – दिन दरोगा बनने का सपना देखने लगा |

यूँ तो इस सपने को साकार करने के लिए बालक रामगोपाल से युवा बने राम गोपाल ने कोई विशेष प्रयत्न नहीं किया , हाँ ये अलग बात है कि दरोगा बनने का सपना उसके दिल के किसी कोने में अवश्य छिपा रहा | ये भी जीवन का सच है कि किसी – किसी के सपने सच होने लिए ही होते है और किसी के जीवन भर के प्रयास भी व्यर्थ जाते है और वह सपनो के स्वप्न देखता हुआ इस संसार से चला जाता है | राम गोपाल जी के साथ ऐसा न हुआ , उनका देखा सपना सचमुच सच हुआ और वे सारी बाधाओ को पार कर दरोगा बन गये |

जब दरोगा राम गोपाल जी की पोस्टिंग चिड़ावक गाँव की चौकी में थी तो रात को तकरीबन दो बजे तीन आदमी उनके पास आये और बोले , दरोगा जी हमारी रिपोट लिखो , दरोगा जी बोले पहले बात तो बताओ आखिर क्या हो गया ? वे बोले , सत्रह साल की छोरी के साथ पड़ोस के छोरे ने छेड़खानी की है तुम उसे पकड़ कर , ऐसा सबक सिखाओ कि आइन्दा वह ऐसी हरकत न कर सके | दरोगा जी सुलझे हुए आदमी थे उनसे बोले कि सच – सच बता दो कही ऐसा तो नहीं कि दोनों का चक्कर चल रहा हो , लड़की भी अठारह साल की हो , उल्टा मैं ही बेवजह फंस जाऊ | वे बोले दरोगा जी ऐसी कोई बात नहीं है , छोरी तो निरी गाय है इस छोरे ने ही इसकी नाक में दम कर राखा है , जहाँ भी जाती है इसका पीछा करता रहता है , यूँ समझो की छोरा आवारा है | तुम इसे पकड़ कर इसकी अक्ल ठिकाने लगा दो |

दरोगा जी जानते थे कि लड़के को पीटने के ऐवज में उसे तीन – चार हजार रूपये मिल जायेंगे और फिर लड़के को छुड़वाने के ऐवज में भी वह लगभग इतने ही रूपये ऐंठ लेगा किन्तु इस कार्य में जोखिम था | वे कुछ सोचने के बाद बोले , अगर छेड़खानी की रिपोर्ट दर्ज करूँगा तो लड़के का तो कुछ नहीं बिगड़ेगा क्योंकि तुम ही कह रहे हो कि वह आवारा है हाँ आसपास के गांवों में तुम्हारी बदनामी जरुर हो जाएगी और आगे चलकर लड़की की शादी में भी दिक्कत आयेगी | तुम ऐसा करो लड़की को छोड़ो , लड़की की माँ के साथ बलात्कार का केस दर्ज करा लो |

तीनों ने सोचा कि दरोगा जी बहुत अच्छे इंसान है उनके भले के लिए ही सलाह दे रहे है वर्ना आजकल कौन मुफ्त में सलाह देता है? वे बोले चलो, माँ के साथ ही बलात्कार का केस लिख लो | अब तो दरोगा जी तैश में आ गये और अकड़ कर बोले, अरे बेवकूफों, झूठे केस में मुझे फँसाओगे? वे बोले दरोगा जी हम क्या करे ? दरोगा जी बोले , पहले बलात्कार कराओ, फिर उसे ले कर आओ | वे बोले बलात्कार किस से कराये ? दरोगा जी चीखते हुए बोले, अरे ये काम भी मुझसे ही कराओगे | सुबह – सुबह मेरा भेजा ख़राब न करो नहीं तो -------|

दरोगा जी का बिगड़ा मूड देखकर , तीनों चौकी से निकल लिये | रास्ते में विचार – विमर्श करते हुए, घर आ गये, उनकी सोच का विषय ये नहीं था कि केस कैसे बनाया जाये बल्कि उनकी सोच का विषय ये था कि बलात्कार कौन करे? इस विषय पर घंटो बहस चलती रही | लड़की के पिताजी ने कहा कि वह ही अपनी पत्नी के साथ बलात्कार कर देगा इसपर वे दोनों बोले, अरे सारा केस ही झूठा बनाओगे ? ऐसा न हो दूसरे को फाँसने के चक्कर में खुद ही फँस जाओ और पहले तो उसकी पत्नी ने नानुक्कड़ की, फिर उनमे से एक के साथ संसर्ग के लिए तैयार हो गयी, इस पर दूसरा रूठ गया |

इस बार बलात्कार पीड़िता को लेकर , दो पुरुष चौकी पहुँच गये | दरोगा जी को प्रणाम कर तीनों चबूतरे पर बैठ गये | दरोगा जी बोले

कहो क्या बात है? वे बोले कि साहब बलात्कार हो गया , अब केस दर्ज कर लीजिये | दरोगा जी बोले दोपहर में ही बलात्कार हो गया | किसने किया बलात्कार? तुरंत पड़ोसी बोल पड़ा, हुजूर मैंने | अब तो दरोगाजी का दिमाग फिर गया , वे बोले अब तुम तीनो को थाने में बन्द करूँगा और पूरी रात तुम्हारी मरम्मत कराऊँगा , अरे दिन में भी कही बलात्कार होता है ? अगर मैंने तुम जैसे बेवकूफों का साथ दिया तो घंटे भर में मेरी वर्दी उतर जाएगी | तुमने तो बलात्कार को खेल बना रखा है | अब तुझे पता चलेगा की बलात्कार की सजा क्या होती है ? पहले पुलिस के डंडे खायेगा फिर सात साल के लिये जेल जाएगा , और तुम दोनों पति – पत्नी बलात्कार का झूठा केस बनाने के जुर्म में जेल की हवा खाओगे |

अब तो तीनों दरोगाजी के कदमो में गिर पड़े और रहम की भीख माँगने लगे | स्थिति भाँपकर दरोगाजी , जज बन गये और तीनों को आर्थिक दण्ड की सजा सुनाने लगे | पति – पत्नी से उन्होंने दो हजार रूपये वसूले और तीसरे को सात हजार रूपये लेकर ही छोड़ा | अब उनके सिर से रिपोर्ट लिखाने का भूत उतर चुका था |

घर पहुँचते – पहुँचते रात हो चुकी थी , वहाँ पहुँचते ही साथ गये पड़ोसी की पत्नी जोर – जोर से चींखने लगी | पूरे गाँव में पड़ोसी की बड़ी बेइज्जती हुई | किसी तरह से उसे पड़ोसी ने चुप कराया तो दूसरा पड़ोसी गुस्से से आग बबूला हो गया , वह क्रुद्ध होकर बोला , जब पैसो की जरुरत पड़ती है तो मेरी चौखट पर नाक रगड़ते हो और याराना गैरो से निभाते हो , मैंने भी इस अपमान का बदला ना लिया तो मेरा नाम भैरो नहीं | रात के बढ़ते – बढ़ते बस्ती में शान्ति हो गयी , किन्तु उन तीनों के दिल अशांत थे मन में एक बैचेनी सी थी लेकिन उन्होंने कभी किसी से जुर्माने व दरोगाजी का जिक्र कभी न किया |

3

काल चक्र

माया ने फिर पुकारा सुधीर – सुधीर | सुनीता बोली माँ सपने से बाहर आओ, भैया यहाँ कहाँ ? वह बोली यही , बस यही , अभी तो मेरे पास खड़ा था | वह अपनी माँ के लिए ढेर सारी दवाइयां लेकर आया था | सुनीता ने अपनी माँ के मुँह पर पानी के छींटे मारे तो वह वर्तमान में लौटी | माया बोली बेटी मैं तो अभागी थी ही , तू मुझसे भी ज्यादा भाग्य की पोच निकली | सुनीता बोली , जिसे इतनी अच्छी माँ मिली हो , वह भाग्य की पोच कैसे हो सकती है ? तू चिंता

न कर माँ, एक दिन मैं तेरे सारे सपने पूरे करूँगी | माया ने एक गहरी साँस ली और कुछ सोचने लगी , सुनीता बोली माँ फिर से सपनो की दुनिया में ? माया ने कुछ जवाब न दिया तो वह प्रतियोगी पुस्तिका के पन्ने पलटने लगी |

माया अतीत के सपनो में खो गयी | पच्चीस वर्ष पहले जब वह नारायण के साथ , परिणय सूत्र में बँध कर आयी थी | वह फेरो के वक्त किस प्रकार, घूँघट की ओट में, तिरछी निगाहों से उसे निहार रही थी और नारायण किस प्रकार उसकी चोरी पकड़ कर मुस्करा दिया था, वह शर्म से पानी – पानी होकर भीग गयी थी | वह उसके प्रेम में नैहर का हर सम्बन्ध भूल गयी थी | कैसे प्रणय के कुछ पलों ने अठारह वर्ष के संबंधो पर पानी फेर दिया था | सास , ससुर और एक छोटी ननद , बस छोटा सा परिवार | माया को अपने जीवन से कोई शिकायत न थी | नारायण राज मिस्त्री का काम सीख रहा था और ससुर गाँव – गाँव घूमकर कपड़े बेचते थे | एक वर्ष पश्चात् ननद की भी शादी हो गयी और परिवार में सिर्फ चार प्राणी रह गये | सास – ससुर उसे अपनी पुत्री की तरह ही प्यार करते थे |

छः वर्ष के अंदर ही उसकी गोद में दो लड़की और एक लड़का आ गये और देखते ही देखते एक बच्ची , परिवार की जिम्मेदारी उठाने वाली समझदार माँ बन गयी | उसके जीवन में कोई अभाव न था , जो उसके पास था वह उससे संतुष्ट थी | इससे ज्यादा वह ईश्वर से कुछ चाहती भी न थी |

एक दिन नारायण के पिताजी ने , पूरे परिवार के साथ ' गंगा स्नान' करने की योजना बनायीं तो नारायण की माँ बोली कि माया को साथ ले जाना ठीक न रहेगा क्योंकि उसे पाँच माह का गर्भ है | अंत में बच्चो को साथ ले जाना भी उन्हें उचित न लगा और माया व उसके बच्चो को घर पर छोड़कर वे तीनो 'गंगा स्नान 'के लिए चल दिए | वे वहाँ पहुँच भी न पाये थे कि वह कार दुर्घटना का शिकार हो गयी जिसमे वे जा रहे थे | नारायण के माता – पिता तुरंत काल का

ग्रास बन गये और दो दिन मौत से जूझने के पश्चात् नारायण भी हार गया और माया से कुछ कहे बिना ही इस जहाने फानी से कूच कर गया और पीछे छोड़ गया एक अविकसित कलियों का बगीचा और बेबस बागवां | माया अन्दर से पूरी तरह टूट चुकी थी किन्तु अपने बच्चों के आगे उसने कभी भी स्वयं को कमजोर न दिखने दिया , वह दिन भर उन्हें अपने साहसी होने का प्रमाण देती उन्हें दिलासा देती , हँसती , मुस्कराती और रात को अश्क बहाती | दो महीने बाद ही एक नयी कली उसकी बगियाँ में आ गयी | सात महीने में पैदा होने वाली ये बच्ची बेहद कमजोर थी इसके जिन्दा रहने की उम्मीद कम ही थी किन्तु वक्त के साथ – साथ इसमें शक्ति आती गयी लेकिन इसका एक पैर पतला पड़ गया और काफ़ी इलाज करने पर भी इसमें वो बात न आयी |

माया ने शादी से पहले सिलाई का काम सीखा था ,इसी को उसने आजीविका का आधार बना लिया | जब सिलाई का काम न होता था तो वह गाँव में जाकर मजदूरी कर लेती थी | उसने कितने ही कष्ट झेले किन्तु इस छोटे से परिवार के पालन – पोषण में अपनी तरफ से उसने कोई कमी न होने दी |

बड़ी बेटी बीना तो पाँचवी पास करने के पश्चात् स्कूल न गयी और अपनी माँ के काम में उसका हाथ बटाने लगी | उससे छोटी बेटी , बबीता ने भी दसवी पास कर , आगे पढ़ाई न करने का मन बना लिया और एक निजी स्कूल में छोटे बच्चो को पढ़ाने लगी | वेतन के नाम पर तो सिर्फ सात सो रूपये मिलते थे किन्तु पाँच – छः सौ के ट्यूशन भी कर लेती थी | घर के हालात तो पहले से सुधरे किन्तु माया अपने बेटे की तरफ़ से परेशान रहती थी | वह तीन बार दसवी में फेल हो चुका था और उसे उसके साथ – साथ अपना भी भविष्य अंधकारमय प्रतीत होता था |

बीना की शादी उसने एक गरीब परिवार के संस्कारी युवक से कर दी| उसे ससुराल में खुश देखकर , माया को उसकी तरफ से शांति

हुई तो , बबीता के विवाह की चिंता सताने लगी | सुनीता पैर से भले ही कमजोर थी किन्तु दिमागी तौर पर काफी मजबूत थी , उसने प्रथम श्रेणी में बारहवी का इम्तिहान पास किया तो माया की ख़ुशी का ठिकाना न रहा | वह चाहती थी कि बबीता के विवाह से पहले ही सुनीता भी कुछ काम – काज करने लगे और सुधीर भी छोटा – मोटा काम देख ले |

माया परिवार के लिए रोटियाँ जुटाने में लगी रही और सुधीर का बचपन कुसंगति का शिकार हो गया | सारे दिन दोस्तों के साथ घूमता – फिरता , आवारागर्दी करता और रात के खाने के वक्त घर आ जाता | माया उसे समझाती , डाटती उसके आगे रो देती और उससे कुछ काम करने के लिए कहती किन्तु उसपर , उसकी बातों का कोई असर न होता | पहले दोस्तों के साथ शौक में सिगरेट के कश लगाये फिर उसे सिगरेट की तलब सताने लगी और धीरे – धीरे वह इस नशे का आदी हो गया | अब वह घर का सामान लेने जाता तो उसमे से सिगरेट के लिए पैसे बचा लेता , कभी झूठ बोलकर पैसे ले लेता व मौका पाकर कभी – कभी घर में चोरी भी कर लेता | कभी – कभी छोटा – मोटा मजदूरी का काम भी कर लेता किन्तु घर में देता कुछ नहीं , उल्टा घर से पैसे लेता रहता | कभी – कभी साथियों के साथ शराब भी पीने लगा किन्तु माया इन सब बातों से अनभिज्ञ थी|

एक रात सुधीर , दोस्तों के साथ बैठा शराब पी रहा था | इसके एक साथी ने अपने घर कॉल करने के लिए इससे सेलफोन माँगा | वह बात करने के लिए कमरे से बाहर निकल गया | बात करने के बाद उसे जाने क्या सूझी , वह इसके सेलफोन के मेसेज बॉक्स को देखने लगा | उसमें उसे दूसरे दोस्त की बहिन को किये हुए मेसेज दिखाई दिए और उसकी बहिन द्वारा इसको किये मेसेज भी दिखायी दिए , उसने इशारे से उस दोस्त को बुलाया और ये मेसेज चुपके से उसको पढ़वा दिये | वह उन संदेशो को पढ़ कर आग बबूला हो गया किन्तु उसने अपने गुस्से पर काबू रक्खा और तीसरे दोस्त को भी चुपके से

सब कुछ समझा दिया | अब सुधीर उन तीनो को आस्तीन का साँप दिखायी देने लगा और शराब पीते – पीते ही तीनो ने उसे ठिकाने लगाने की योजना बना ली | वे सुधीर से बोले , आज अच्छी तरह जी भर कर पीयेंगे और खाना भी बाहर ही खायेंगे | वह बोला , यार माँ नाराज होगी , बहुत समय हो गया , अब कल दावत कर लेना | सुधीर ने उन्हें टालने की काफी कोशिश की किन्तु उन तीनों के आगे उसकी एक न चली | उन्होंने पहले ठेके से एक बोतल खरीदी , ढ़ाबे से खाना ख़रीदा , दो पानी की बोतल ली और जंगल की तरफ चल दिये | सुधीर ने उन्हें टोका कि वे कहाँ जा रहे है ? रात में किसी कीड़े – मकोड़े पर पैर पड़ गया तो ----------| इस पर वे तीनों एक साथ बोले हमें देखकर जंगल के जानवर बिलों में छिप जायेंगे , तुम चिंता न करो |

तीनों ने सुधीर को खूब शराब पिलायी फिर उससे पूछा , उसने निशि को क्यों मेसेज किये ? पल भर में उसका नशा काफूर हो गया | वह संभलकर बोला मैं निशि से बहुत प्यार करता हूँ और शायद वह भी मुझसे उतना ही प्यार करती है | इतना सुनते ही निशि के भाई ने उसका गला पकड़ लिया और तब तक न छोड़ा जब तक उसके प्राण पखेरू न उड़ गये | जब सुधीर ठंडा हो गया तो तीनो दोस्त डर से काँपने लगे | उन्होंने सुना था कि शराब डर को डरा देती है उसे बहुत दूर भगा देती है किन्तु आज उन्हें मालूम हुआ कि डर से जीत पाना इतना आसान नहीं है जितना वे समझते थे | उन्होंने बची हुई बोतल खाली की और मृत देह को ठिकाने लगाने की सोचने लगे | तीनों में आम सहमति बनी कि लाश को सुधीर की गली में उसके घर के आसपास ही फेंका जाए हालाँकि ये जोखिम भरा काम है किन्तु यदि उन्होंने उसे जंगल में छोड़ा तो शक की सुई उनकी तरफ ही इशारा करेगी और लाश उसकी गली में मिलेगी तो लोग समझेंगे अधिक शराब पीकर मर गया , कोई भी ये न सोचेगा कि इसे मार कर यहाँ डाला गया होगा | एक मित्र ने आशंका जतायी कि अगर किसी ने उन्हें देख लिया तो -----| दूसरे मित्र ने तुरंत उसकी बात को काट दिया कि

वह क्या इसकी जाँच करेगा कि ये जिन्दा है या मुर्दा ?

जाड़े की रात थी , सारे शहर को कोहरे के आवरण ने ढक लिया था | कुछ दुकानों को छोड़कर , बाकी के शटर गिर चुके थे | ठण्ड से काँपता हुआ , कोई – कोई कुत्ता कभी – कभी भोक पड़ता था , शायद अपने दोस्तों को अपने जिन्दा होने का सबूत देता था | समस्त शहर ठंड की आगोश में था | तीनों मित्र सुधीर के मृत शरीर को उठाये , चले आ रहे थे | यूँ तो रास्ते में कई व्यक्ति मिले किन्तु उनमे उनका कोई परिचित न था | शराब के नशे में अपनी मंजिल की तरफ बढ़ते कदम अचानक ठिठक गये | कोई दरवाजा खुला और ये दरवाजे की आवाज़ से डर कर , मृत – सुधीर को रास्ते में ही छोड़कर , भाग खड़े हुए |

माया ने टार्च जलाकर देखा तो उसे गली में कोई पड़ा हुआ दिखाई दिया , वह लपक कर उसके पास पहुँची | जमीन पर पड़े बेटे को देखकर पल भर के लिये सन्न रह गयी | फिर जोर – जोर से चीख़ कर छाती पीटने लगी , उसका शोर सुनकर कुछ घरों के दरवाजे खुले उन्होंने सुधीर के मृत शरीर को हिला – जुलाकर देखा , वह बिल्कुल ठंडा पड़ चुका था | बेटे की लाश देखकर माया बेहोश हो गयी और बहिनों ने रो – रोकर घर सिर पर उठा लिया | किसी ने पुलिस को फ़ोन कर दिया | उसने आते ही लाश को अपने कब्ज़े में ले कर छानबीन शुरू कर दी | शक में सुधीर के तीनो दोस्तों को गिरफ्तार कर लिया गया | अगले दिन पोस्टमार्टम के पश्चात् लाश परिवार को सौंप दी गयी | रिश्तेदारों और गली – मोहल्ले के लोगो ने मिलजुल सुधीर के मृत शरीर का अंतिम संस्कार कर दिया |

बेटे की हत्या के बाद माया पूरी तरह टूट गयी | सुधीर उसके लिये अंधे की लाठी था और वह लाठी उससे छीन ली गयी थी | बेटे को इंसाफ दिलाने का साहस उसमे शेष न था | उसने ये सोच कर सब्र कर लिया कि यदि उसके कातिलों को फाँसी भी हो जाए तो भी उसे उसका बेटा अब कभी नहीं मिलेगा और उसकी आर्थिक स्थिति भी मुकद्दमा

लड़ने की न थी | कुछ दिनों पश्चात् सुधीर के कातिल जमानत पर छूट गये , अब उनके घर वालो ने माया पर फैसला करने का दबाब बनाया | वे इसे इसके बदले में दो लाख रुपया देने को सहमत हो गये | इसने ये कहते हुए समझोते के प्रस्ताव पर अँगूठा लगा दिया कि बेटे की कीमत पैसों में नहीं आंकी जा सकती , यदि ईश्वर है तो वही मेरे बेटे के साथ इंसाफ करेगा |

माया ने कुछ साल बाद , अपने पिताजी की सहायता से बीना का विवाह भी कर दिया | दो बेटियों के विवाह का भार उतर चुका था किन्तु तीसरी बेटी के लिये वर मिलना इतना आसान न था , उसकी विकलांगता उसके विवाह में सबसे बड़ी बाधा थी |

बबीता ने मन ही मन विवाह न करने का फैसला कर लिया | उसकी माँ की हालत दिन ब दिन बिगड़ती जा रही थी | उसे बुरे सपने देखने का ऐसा रोग लग चुका था जिस पर किसी ओषधि का असर न हो रहा था | जब तक दवाई का नशा रहता तब तक वह बेसुध पड़ी रहती जब दवा का असर कम होता तो वह सपनो के संसार में विचरने लगती | उसे अपने आसपास ही सुधीर का अहसास होता | बबीता विपरीत परिस्थितियों में भी पढ़ती रही , वह दिन में ट्यूशन पढ़ाती और रात को अपनी पढाई करती | अंत में उसकी कठिन मेहनत रंग लायी और वह एक इंटर कालेज में हिंदी की प्रवक्ता बन गयी | उसने अपनी माँ की सेवा को ही अपने जीवन का लक्ष्य बना लिया | उसकी बीमार माँ उसके साथ प्रसन्न है ,कभी वह उसे बबीता के नाम से बुलाती है , कभी सुधीर कह कर पुकारती है |

4

उलझन

सुधा अपनी हमउम्र एक महिला को पार्क में टहलते हुए देखकर , उसे देखती रह गई । उसे लगा कि उसने उसे कहीं देखा है , वह स्मृतियों की एल्बम को तेजी से उलटने लगी किंतु कुछ स्मरण न कर पायी तो उसके निकट जाकर टहलने लगी । दोनों की आँखे मिली

तो दूसरी महिला भी उसे एकटक देखने लगी और उसे पहचानने का प्रयास करती हुई बोल पड़ी , कौन सुधा ? सुधा के कानों में उसकी आवाज पड़ी तो उसके कानों ने उसे पहचान लिया और तुरंत आँखों की शक्ति को उत्तेजित कर मस्तिष्क को संकेत दे दिया और वह तुरंत बोल पड़ी , अरी , संध्या मैं तो तुझे पहचान भी न सकी , सुना है तू कहीं बाहर चली गई थी । कैसी है तू ? सुधा की कमजोर आँखें संध्या के चेहरे को पढ़ने का प्रयास कर रही थी और संध्या 35 वर्ष के अतीत में खो गई थी । सहसा व स्मृतियों की नींद से जागी और सुधा से बोली , दीदी हमें बिछड़े हुए पूरे 35 साल हो गये , तुम्हें याद है ना , शुक्रवार का दिन था , जब जज साहब ने हमारा तलाक कराया था । पहले मेरे तलाक पर निर्णय हुआ था फिर आपका विवाह विच्छेद हुआ था । ऐसा प्रतीत होता है जैसे कल ही की बात है किंतु उस मनहूस दिन को 35 वर्ष व्यतीत हो गए तब से आज तक अपने बच्चों का चेहरा देखना भी नसीब नहीं हुआ । मेरी नजर में तो वे आज भी 10 वह 12 वर्ष के संजय और सोनू हैं किंतु वक्त किसके रोके रुका है , मैं भी इन 35 वर्षों में न जाने कहाँ - कहाँ भटकी हूँ। खैर तुम सुनाओ , तुम कैसी हो ? तुम्हारे तो दोनों बच्चे तुम्हारे ही साथ है ना , वे आजकल क्या कर रहे हैं ? सुधा अतीत के पन्नों को पलटने लगी , तलाक के बाद पिताजी ने मेरा पुनर्विवाह करने की काफी कोशिश की किंतु मेरी जिद के आगे उनकी एक न चली । मैं यह नहीं कहती कि पिताजी का निर्णय गलत था किंतु एक बार भँवर से निकलकर दोबारा दरिया में पैर डालने का साहस न कर सकी । सचिन से शादी का फैसला मेरा था , पिताजी प्रारंभ से ही इस शादी के खिलाफ थे किंतु मुझे संसार का सबसे समझदार , सुंदर व सुशील युवक , सचिन ही प्रतीत होता था , न जाने क्या हो गया था दिलो-दिमाग पर ? वर्षों मेरी और मम्मी की बातचीत बंद रही , कोर्ट में ही मैंने शादी की थी और 12 वर्ष के पश्चात कोर्ट में ही उसका अंत हो गया । माता - पिता ,भाई - बहन सब ने समय के साथ समझौता कर लिया था । पिताजी की इच्छा थी कि भले ही मैंने उनकी इज्ज़त ख़ाक में मिला दी और अपनी मर्जी से अदालती विवाह कर लिया किंतु इसे सामाजिक रूप

दे दिया जाए और धार्मिक रीति रिवाज से मेरा विवाह हो किंतु उनकी यह इच्छा अपूर्ण ही रह गई। मैं विवाह में फिजूलखर्ची के खिलाफ तो क्या थी किंतु अपने प्रेम की नुमाइश करने का साहस न जुटा पायी। चार वर्षों तक सब कुछ सामान्य रहा, इस बीच दो बच्चों का जन्म हुआ तो मैं पूरी तरह उनकी देखभाल में खो गई। उन्होंने उस कंपनी को छोड़, दूसरी कंपनी में नौकरी कर ली। एक शहर को छोड़ दूसरे शहर में आ गयी। मायके तो पहले ही कम जाती थी, अब और कम हो गया, भाई - बहन की शादी हो गई और मेरे लिए मायका दूर होता गया। बीच - बीच में सचिन सप्ताह दो सप्ताह के लिए कंपनी के कार्य से बाहर चला जाता था। पहले तो उसका इस तरह घर से बाहर जाना अच्छा नहीं लगता था किंतु धीरे-धीरे सब सामान्य लगने लगा । कभी - कभी पीकर घर आ जाता था, इसका मैंने कोई खास विरोध कभी नहीं किया क्योंकि मैं जानती थी कि यह सब आज के समाज में सामान्य बात है किंतु जब वे अक्सर नशे की हालत में घर आने लगा तो मैंने इसका विरोध किया। अब घर का माहौल तनावपूर्ण रहने लगा। विशेष घटनाएं भी वक्त के साथ सामान्य होने लगती हैं वही मेरे साथ भी हुआ, वह नशे में डूबता गया और मैं बदलते परिवेश से समझौते करती गयी। बढ़ते बच्चों के खर्च के साथ जिम्मेदारी बढ़ती गई और नशे की लत से आमदनी घटती गई। एक रात ये नशे में बच्चों को धमकाने लगे और जब मैंने इन्हें रोका और कहा कि बच्चे मां - बाप से भी बहुत कुछ सीखते हैं तो ये काबू से बाहर हो गए और मेज पर रखी डायरी मेरे मुंह पर फेंक मारी। डायरी का कोना मेरे होठों पर लगा, बहता रक्त देखकर, मुझे भी गुस्सा आ गया और मैंने डायरी का कवर फाड़ दिया। डायरी के कवर से एक फोटोग्राफ जमीन पर जा गिरा। वे उस फोटो के लिए झपटे किंतु मैंने उस फोटो को देखने के बाद ही उन्हें छीनने दिया। छायाचित्र में ये, एक महिला और उसके बच्चे के साथ प्रसन्न मुद्रा में थे। मैंने प्रश्न किया कि यह महिला कौन है ? इस प्रश्न को सुनते ही उनके पैरों तले से जमीन खिसक गई, चेहरे की हवाइयां उड़ गई और नशा काफूर हो गया, पहले तो इधर - उधर की बातें बनाई किंतु अंततः स्वीकार कर लिया

कि वह उनकी पत्नी और बच्चा है जो एक दुर्घटना का शिकार हो गए थे । उसने काफी कोशिश की मुझे अपनी बात की सत्यता का विश्वास दिलाने की , मैंने उसका विश्वास करना भी चाहा किंतु मन नहीं माना । माताजी - पिताजी से भी इस विषय में कुछ बताने का साहस न कर सकी , किस मुंह से उन्हें ये सब बताती , उससे विवाह का फैसला तो मेरा ही था । मैंने अतीत को पीछे छोड़ने में ही भलाई समझी और सब कुछ पूर्व की तरह सामान्य करने का प्रयास किया । इस विषय पर फिर उससे बात नहीं की और इसे अपनी नियति समझ , बच्चों के भविष्य की खातिर पूरी तरह समझौता कर लिया । उसकी आदत के आड़े ने आने में ही अपनी भलाई समझी किंतु शक का जहर धीरे - धीरे शरीर को क्षीण करने लगा । एक दिन ये मुझसे कहकर गये कि वे कंपनी के काम से कर्नाटक जा रहे है दस दिन बाद लौटेंगे । अगले दिन मैंने कंपनी के दफ्तर संपर्क किया और जानना चाहा कि वह कहाँ गया है , बच्चे की तबीयत खराब है मैं उससे बात करना चाहती हूँ तो उधर से जवाब मिला कि वह तो एक सप्ताह की छुट्टी पर है मेरा शक सही निकला । जिस विश्वास की डोर से रिश्ता बंधा रहता है वह टूट गया , मैंने अपने मायके में जाकर इस विषय में तो किसी से कुछ नहीं कहा किंतु अब जिंदगी उसके साथ न बिताने का फैसला कर लिया । मायके वालों ने बच्चों से पूछा आखिर क्या बात है किन्तु दोनों बच्चों को मैंने अपनी कसम देकर , उनकी जुबान पर ताला लगा दिया । शराब की लत व अनैतिक व्यवहार के आधार पर अदालत में तलाक की अर्जी दे दी । पूरे परिवार ने समझौते का दबाव बनाया किंतु मैं अपने फैसले पर अडिग रही । मेरा मन सचिन के लिए घृणा से भर उठता था , लाख कोशिश करती थी कि उसका ख्याल न आए किंतु मन पर किसका वश है । मैं उसे बिना हानि पहुंचाए , उससे छुटकारा पाना चाहती थी , उससे ज्यादा सजा मैं स्वयं को देना चाहती थी । मेरे विचार से यही मेरे पाप का प्रायश्चित था हालांकि मेरा प्रेम पाप न था किंतु उसे पुण्य कहकर दिल को झूठी तसल्ली भी तो न देना चाहती थी । ना जाने वह क्या था जो उसे नुकसान न पहुंचाना चाहता था किंतु उसकी परछाई भी अपने बच्चों पर पड़ने न देना चाहता था ।

10वीं तक पढ़ाई की थी , एक प्राइवेट स्कूल में नर्सरी कक्षा के बच्चों को पढ़ाने लगी । अपने दो बच्चों को भी उसी विद्यालय में दाखिला दिला दिया । इंटरमीडिएट का प्राइवेट फॉर्म भरा और उसमें उत्तीर्ण हुई तो मन में उच्च शिक्षा प्राप्त करने की आस जगी । विवाह से पूर्व जो पुस्तकें काटने को दौड़ती थी , मुसीबत में सहेली बन गयी ।

दो वर्ष के संघर्ष के बाद जिस दिन विवाह विच्छेद हुआ उस दिन मुझ पर क्या बीती तुम्हें बता नहीं सकती । दिल के दर्द को लाख छुपाने की कोशिश की किंतु चेहरे के भाव छिपाए नहीं छिपे , मम्मी पापा की हालत मन की व्यथा को और बढ़ा देती थी किंतु अब मैंने दृढ निश्चय कर लिया था कि जीवन में जो कुछ भी करूंगी अपने बच्चों के लिए करूंगी और कोई भी कार्य ऐसा नहीं करूंगी जिससे मेरे बच्चों का अहित हो । स्कूल में पढ़ाते - पढ़ाते , मैं भी पढ़ती गई और मेरे बच्चे भी मेरे पद चिन्हों पर चलते रहे । समय के साथ - साथ सब कुछ बदलता गया । सचिन ने कई बार बच्चों के बहाने मुझसे संपर्क साधने की कोशिश की । पिताजी मेरे रहने का प्रबंध कर गए थे , उन्होंने मेरे लिए 50 गज में बना हुआ मकान खरीद कर , मुझे यह कहते हुए भेंट कर दिया था कि इससे ज्यादा वे मेरे लिए कुछ नहीं कर सकते । अब न तो पिताजी इस दुनिया में थे न माताजी । मैं अपने जीवन के फैसले लेने के लिए पूर्णतया स्वतंत्र थी किन्तु अतीत मेरा पीछा नहीं छोड़ रहा था । पार्क , ढाबे , होटल पर्यटक स्थल व सिनेमाघर स्मृतियों को जिंदा करते रहते थे , अंततः मैंने इन सब से दूर जाने का निश्चय कर लिया , जैसे ही एम. का परिणाम घोषित हुआ और मैं स्नातकोत्तर में सफल हुई मैंने अपने मकान को बेचने का निर्णय कर लिया । पाँच लाख रुपये में मकान बेच दिया गया और मैं सब कुछ पीछे छोड़ कर अपने बच्चों के भविष्य को संवारने के लिए दूसरे शहर में आ गई । हम कुछ महीने किराए पर रहे और फिर 25 गज में बना हुआ मकान दो लाख में खरीद लिया और शेष पैसे बैंक में जमा कर दिये । बच्चों के दाखिले के पश्चात स्वयं के लिए नौकरी तलाश करने में लग गई । कई स्कूलों की खाक छानी अंत में दो महीने की भागदौड़

के पश्चात एक इंटर कॉलेज में पीटीए पर संस्कृत पढ़ाने लगी और पाँच वर्ष पश्चात इसी विद्यालय में स्थाई भी हो गयी । कब बच्चे बड़े हुए कब उनकी शादी हुई और कब वे अपनी नई दुनिया में खो गए पता ही न चला । आज इसी शहर की होकर रह गई हूँ। लड़कों ने घर की साफ - सफाई व खाना बनाने के लिए नौकरानी रख छोड़ी है एक-दो दिन में फोन पर बातें हो जाती हैं यूं तो अकेली हूं किंतु लगता है आज सब कुछ मेरे पास है बच्चे दूर रहकर भी मेरे पास है लड़के तो चाहते है कि मैं उनके साथ में रहूं किंतु मैं ही इस शहर को छोड़ कर कहीं जाना नहीं चाहती इस शहर ने इतना सब कुछ दिया है तू मिली तो मन का बोझ हल्का हो गया इन 35 वर्षों में अपना दुख दर्द किसी के साथ साझा ने किया था अपनी शर्तों पर जवानी बिताई तो बुढ़ापे को क्यों किसी पर बोझ बनाती ? किसी से मन नहीं मिलता तो खुद से ही बातें कर लिया करती हूं , मैं तो अपनी बातें करती रही अब तू सुना तू कैसी है ? संध्या , सुधा के स्वप्न संसार से बाहर निकली तो उसे अपने अतीत का स्मरण हुआ अभी तक वह अपनी बिछड़ी सहेली के अतीत में खोई हुई थी जब अपने अतीत को खोजने लगी तो आंखें भर आई व सुधा से बोली यह तो आप जानती हैं कि मैंने कोर्ट में बच्चों को अपने पास रखने के लिए कोई कोशिश ही नहीं की थी , मैं तो सिर्फ सोनू से संबंध विच्छेद के लिए लड़ाई लड़ रही थी , ऐसा नहीं था कि मुझे बच्चों से लगाव न था या मैं उन्हें चाहती न थी किंतु मुझसे दूर रहते - रहते उनका ही जी मेरी तरफ न रह गया था । मेरे माता-पिता भी बच्चों को मेरे विकास में बाधक समझते थे , वे चाहते थे कि मैं पुरानी दुनिया को एक बुरा सपना समझकर भूल जाऊं । मुझे समझाया गया था कि मैं यह समझ लूं कि अभी मेरा विवाह हुआ ही नहीं है जब विवाह ही नहीं हुआ तो बच्चों को साथ रखने का सवाल ही कहां पैदा होता था । मैं चाहती थी कि अपने बच्चों की जिम्मेदारी का बोझ वह खुद उठाये । मेरे पिताजी ने मेरा विवाह काफी सोच - समझकर किया था किंतु वे इस विवाह रूपी जुए में हार गए थे । दो वर्ष तक तो सब कुछ सामान्य रहा किंतु धीरे-धीरे सोनू ने अपना रंग दिखाना शुरू कर दिया । वह पड़ोसियों से मेरी जासूसी कराने

लगा । एक शाम वह मुझसे बोल कर गया कि उसे दफ्तर में रात को अतिरिक्त काम करना पड़ेगा इसलिए वह ऑफिस में ही रहेगा किंतु लगभग रात के 12:00 बजे वह दरवाजा पीटने लगा और दरवाजा खोलने में जरा सी देरी क्या हुई वह पूरे घर की छानबीन करने लगा । जिस समय मेरा विवाह उसके साथ हुआ था उस समय तक शायद वह किसी प्रकार का नशा न करता था किंतु अब अक्सर नशे में रहने लगा । मैं आज तक समझ नहीं पाई कि वह मेरे चरित्र पर संदेह क्यों करता था ? मेरी लोगों से मिलने जुलने , हँस कर बात करने की आदत थी शायद इसी आदत के कारण उसके दिल में शक का घर बन गया हो । वह नशे के कारण अपने दोस्तों से कर्ज लेकर काम चलाने लगा , घर के पारिवारिक संबंध तो बिगड़ ही रहे थे आर्थिक हालात भी बिगड़ने लगे । मैंने स्वयं को घर में कैद कर लिया किंतु वह खुद को नशे से दूर न कर सका । जब उसने मेरी तरफ ध्यान देना बंद कर दिया तो मैंने भी उसकी तरफ से मुंह फेर लिया । एक छत के नीचे रहते थे किंतु हमें एक दूसरे से कोई वास्ता न था । मुझे घर में उसके साथ घुटन महसूस होने लगी तो मैं मायके आ गई । मुझसे अलग रहकर शायद उसे मेरी जरूरत महसूस हुई , वह मुझसे क्षमा याचना कर , अपनी गलती मान कर , मुझे अपने साथ ले गया । मुझे ऐसा लगने लगा कि शायद अब सब कुछ सामान्य हो गया है किंतु कुछ दिनों बाद फिर झगड़ा होने लगा । उसे आमदनी से ज्यादा खर्च करने की आदत पड़ चुकी थी , वेतन कर्ज की भेंट चढ़ने लगा तो घर में रोजमर्रा की चीजों का भी अकाल पड़ने लगा । अब मुझे लगा कि यह सुधरने वाला नहीं है , मैं क्यों उसके साथ में अपना जीवन बर्बाद करूँ ? यही सब सोचकर बच्चों को इसके पास ही छोड़ कर , अपने मायके आ गई । हालांकि तलाक के लिए कोर्ट में आवेदन देने से पहले मैं इसे एक अवसर देना चाहती थी , मुझे अब भी विश्वास था कि शायद अब भी वह अपनी आदतों में सुधार ले आए तो मैं वापस अपने घर चली जाऊं किंतु इस बार वह मुझे लेने के लिए नहीं आया । मैंने भी अपने सीने पर पत्थर रख लिया जब उसे ही मेरी जरूरत नहीं है तो मैं ही क्यों उसके लिए अपने जीवन को बर्बाद करूँ ? जब अदालत में तलाक

की अर्जी दे दी गई , वह कोर्ट में आया किंतु उसने मुझसे बात करना तो दूर मेरी तरफ देखा तक नही । उसके इस व्यवहार से मेरे मन में अभी तक जो भी थोड़ा बहुत लगाव , दिल के किसी कोने में शेष था वह भी समाप्त कर दिया। पहले तो मैं बच्चों के लिए समझौता करने के लिए तैयार थी किंतु जब मैंने मम्मी - पापा से बच्चों को अपने पास रखने के संबंध में बात की तो उन्होंने साफ - साफ कह दिया कि वह किसी भी सूरत में बच्चों को अपने पास रखने की इजाजत नहीं दे सकते । मैंने भी बच्चों से दूर रहने में ही अपनी भलाई समझी और मैं बच्चों से दो कदम दूर हुई तो वे चार कदम दूर हो गए । विवाह - विच्छेद के पश्चात मैंने सिर्फ अपने पर ध्यान केंद्रित कर लिया । अब मैं अपने जीवन को अपने मन मुआफ़िक जीना चाहती थी , पहले तो पुनर्विवाह करने का विचार ही मन में नहीं आने देती थी किंतु समय के साथ-साथ अतीत विस्मृत होता गया और एक शादीशुदा युवक मन में घर कर गया । जानती थी कि मैं गलत कर रही हूं मगर दिल पर किसका बस चला है , कुछ विचारों की समानता का संगम ही तो है मित्रता । न उसने मुझसे कुछ छिपाया न मैंने ही अतीत पर पर्दा डाला , सब कुछ जानबूझकर हम एक दूसरे के होते चले गए । इस विषय में उसने अपने घर नहीं बताया , मैंने अपने घर नहीं बताया , चोरी - चोरी लुकाछिपी का खेल चलता रहा , उसने मुझे सहारा दिया और मैंने एक सौंदर्य प्रसाधन क्लीनिक खोल लिया । बस लुका - छिपी खेलते - खेलते कब जिंदगी नीरस हो गई पता ही न चला । सच कब तक पर्दा में रहता आखिर एक दिन ऐसा भी आया कि उसकी पत्नी को हमारे रिश्ते के बारे में पता चल गया और वह अपने पति को साथ लेकर अपनी ससुराल चली गई । इस बीच वह केवल मुझसे एक बार मिला , उसने अपनी व्यथा मेरे समक्ष रखी और मुझसे कहा है कि वह मेरे साथ और अधिक नहीं चल सकता , मैं उसे क्षमा कर दूँ। एक - दूसरे ने एक - दूसरे को क्षमा किया और जीवन का यह अध्याय भी समाप्त हो गया । एक वर्ष तक एकांकी जीवन व्यतीत किया , फिर एक परिवार किराए पर आकर मेरे मकान में रहने लगा तो अकेलापन दूर हुआ । लगभग 6 महीने पश्चात वह पुरुष अपनी पत्नी व अपने

बच्चों को लेकर अपने गांव आ गया और जब वापस आया तो वह अकेला था । मुझे अब उसे अपने मकान में रखने में कुछ ठीक नहीं लग रहा था मैंने उससे कहा भी कि वह अपने लिए कहीं अन्यत्र रहने की व्यवस्था कर ले , उसने कहा कि मैडम बस एक महीने की बात है फिर मेरी पत्नी मेरे पास आ जाएगी । मैंने भी चुप्पी साध ली और एक रात वही हुआ जो न होना चाहिए था जिससे मैं डर रही थी किंतु वक्त के साथ-साथ मनुष्य बदलता चला जाता है हम इस प्रकृति के हाथ की कठपुतली ही तो है । मैं परिस्थितियों से समझौता करती चली गयी , उसकी बीवी बच्चे तो शहर क्या आये , एक दिन वह ही शहर छोड़ कर गाँव चला गया । जिंदगी के इस मुकाम पर अब बच्चों की याद आती है , उनकी जरूरत महसूस होती है यदि मेरे बच्चे न होते तो और बात थी मैंने तो स्वयं ही अपने मम्मी - पापा के कहने में आकर अपने बच्चों को स्वयं से दूर कर दिया । आज सोचती हूं कि क्या बात इतनी बिगड़ गए गई थी जो बन न सकती थी , यदि मैं समझदारी दिखाती तो शायद मेरा गृहस्थ जीवन कुछ और होता । छोटा सा परिवार ही तो था सास-ससुर व माता-पिता कब तक साथ रहते हैं मुझे लगता था कि मेरी सास अपने बेटे के कान भरती है किंतु वह भी तलाक के दो वर्ष पश्चात ही इस जहां फ़ानी से कूच कर गई , ससुर भी उसके बाद मुश्किल से 6 माह जीवित रहें और आखिर सब कुछ यहीं छोड़ कर चले गये। उसने बच्चों के मन में मेरे प्रति जो नफरत भरी थी सोचती हूं क्या वह गलत थी ? यदि मेरे मन में अपने बच्चों के प्रति सच्चा प्यार होता तो उसकी नफरत क्या उन पर असर कर पाती । सोचती हूं वह तो गलत था ही किंतु कहीं ना कहीं मेरी भी गलती थी मगर अब क्या हो सकता है जिंदगी को सजाने सँवारने में ही जिंदगी चली गई । सुधा और संध्या दोनों की आँखों में आंसू थे किंतु एक की आँखों के आँसुओं से खुशी झलक रही थी और दूसरी की आँखों के आंसू रो रहे थे ।

खान चन्द विकल ।

5
पुत्र प्रेम

भिक्की सिंह को आज अपनी भूल का अहसास हो रहा था | उनका पुत्र रकम सिंह जी – जान से मौत से जंग कर रहा था | जब मौत उस

पर हावी होती तो वह हाथ – पैर पटकता और जोर – जोर से चींखता था | उसकी चीख – पुकार सुन कर मोहल्ले के स्त्री – पुरुष व बच्चे इकट्ठे हो गये थे | भिक्की सिंह व उनकी पत्नी का बुरा हाल था, वे बेटे की तड़प से तड़प रहे थे | रकम सिंह का पुत्र व पुत्री , दोनों पिता की असहाय अवस्था पर एक कोने में बैठे आँसू बहा रहे थे| गाँव में सलाहकारों का अभाव न था , परन्तु कोई करता कुछ न था | कोई कहता , अरे , पास के गाँव में सपेरे आये हुए है , नगीने के रहने वाले है , कोई जाकर उन्ही को बुला लाओ | शायद अब भी इसकी जान बच जाये | कोई कहता नागिन ने न जाने कितनी जगह डंक मारा है , अब कुछ नहीं हो सकता | इस पर दूसरा कहता अरे ये तो जिन्दा है , ऐसे – ऐसे बाकमाल सपेरे पड़े हुए है जो मुर्दे में जान डाल दे और मन्त्र के बल से साँप को जहर वापस खींचने के लिए मजबूर कर दे | बीन के एक लहरे पर सापन दौड़ती हुई न आये तो मूँछे मुंडवा लूँ | अरे , कोई स्कूटर पर जाओ और सपेरे को बिठा लाओ | कोई कहता सब कर्मों का फल है , भाग्य के लिखे को कोई नहीं बदल सकता |

रकम सिंह ने चारपाई से उठने की कोशिश की किन्तु इस प्रयास में वह नीचे गिर गया | अब वह जमीन पर पड़ा हाथ – पैर पटक रहा था | पीड़ा तो अब भी कम न थी परन्तु अब उसकी चींख न निकलती थी | रक्त में विष का प्रभाव स्पष्ट दिखाई देने लगा था , तन धीरे – धीरे नीला पड़ रहा था | अब वह आँख खोलने का असफल प्रयास कर रहा था | कुछ कहना चाहता था किन्तु बोल न पा रहा था | तभी एक झाड़ – फूंक करने वाला आया और उसने उसके सारे शरीर का मुआयना किया | वह अचंभित होकर बोला , नाग ने दस से भी ज्यादा स्थानों पर डंक मारा है , मैंने आज तक इस प्रकार से डसा हुआ हुआ व्यक्ति पहले कभी नहीं देखा | मुझे तो अचरज हो रहा है कि इतनी बुरी तरह काटे जाने के बाद भी ये ज़िंदा कैसे है ?

रकम सिंह ने एक बार फिर पूरी ताकत से , दरवाजे पर खड़ी मौत को धकेलने की कोशिश की किन्तु इस बार वह चेतनाशून्य होकर

जमीन पर शान्त पड़ गया | मौत प्राण हरण कर जीत का जश्न मनाती हुई कहीं दूर चली गयी थी और हारी – थकी पराजित जिन्दगी जमीन पर निस्तेज पड़ी थी |

संध्या के चार बज चुके थे , सूर्य अपनी बची हुई ऊष्मा और प्रकाश को समेटने में लगा हुआ था | गाँव के लोगो ने मशवरा दिया कि सर्प दंश के कारण मृत व्यक्ति को घर में रखना ठीक नहीं है , इसे जल्दी से जल्दी पास की नहर में प्रवाहित कर देना चाहिए | भिक्की सिंह ने मुसीबत की घड़ी में धैर्य से काम लिया और अपने दो पुत्रो और मोहल्ले के कुछ विशेष व्यक्तियों के साथ , गढ़ गंगा के घाट पर जा कर , अपने चहेते पुत्र की लाश को गंगा की गोद में सौंप दिया | एक पल को तो उनका मन हुआ कि वे भी पुत्र के साथ ही गंगा में समा जाए किन्तु रकम सिंह के पुत्र और पुत्री के भविष्य ने उनके पैरों में बेड़िया डाल दी |

कई दिन तक घर में रोना – पीटना चलता रहा | पड़ोसन आती तो विलाप में शामिल होने के लिए थी किन्तु रोने पीटने के बाद रकम सिंह की माँ से कुछ न कुछ लगती बात कह जाती थी | उसे गुस तो बहुत आता था किन्तु अपने कुसमय को भांप कर , चुपचाप अश्क बहाती रहती थी , कहती किसी से कुछ न थी | समय के साथ – साथ जवान पुत्र की असमय मृत्यु का जख्म ऊपर से भर गया |

एक रात भिक्की सिंह की पत्नी उससे बोली , रकम सिंह के बच्चों का क्या होगा ? तुम दोनों बच्चों की किसी बड़े अस्पताल में जाँच करा लो , कहीं इनमे भी तो ---------------------------|

भिक्की सिंह अपनी पत्नी से बोले , जानती हो हमारे बेटे ने सिर्फ अपने कर्मो का ही फल नहीं भोगा है , हमारी करनी भी उसके सामने आयी है , उसने बड़ी भयंकर मौत पाई है | यदि उसके बचपन में ही हमने समझदारी दिखाई होती तो हमे ये दिन न देखने पड़ते | वह बचपन में रातों को बिस्तर छोड़कर कही का कहीं पहुँच जाता था और

हम उसपर भूत – प्रेत व चुड़ेल का साया समझ कर , टोना – टोटका वालों के यहाँ धक्के खाते थे | हमारी नासमझी ने हमारे बेटे के जीवन को नरक बना दिया | यदि हमने समय रहते अस्पताल में उसका इलाज कराया होता तो शायद वह ठीक हो जाता |

तुम सोचती थी शादी के बाद सब ठीक हो जायेगा , तुम ही क्या मैं भी यही मानता था कि लक्ष्मी घर में आएगी तो हमारे दुर्दिन और बेटे की बीमारी ठीक हो जायेगी | यही सोचकर सोलह साल की उम्र में , झूठ बोलकर अठारह साल की लड़की से उसका विवाह करा दिया था कि शायद उसके भाग्य से ही ये ठीक हो जाये | हमें क्या पता था कि हमारा पुत्र – प्रेम दूसरे की बेटी का भी जीवन बर्बाद कर देगा |

हमे तभी समझ जाना चाहिए था जब इसने चौदह साल की उम्र में , गली में खेलते हुए बच्चे के पैर पकड़ कर उसे हवा में उछाल दिया था जिससे उसका सिर फट गया था और वह कुछ देर तड़फ कर असमय काल का ग्रास बन गया था | यदि समाज में हमारा सम्मान न होता और बच्चे के घर वाले हमारी शर्म न करते तो इसे पीट – पीट कर तभी मार डालते और शायद यही इसके और हमारे लिये अच्छा होता |

रकम सिंह की माँ कुछ पल के लिये अतीत में खो गयी | कितनी सुन्दर , सुशील व गुणवती पत्नी मिली थी ! जब इसने उसे लाठी से पीटा था और उसका सिर फट गया था तो मैंने उसे , उसके पीहर जाने की सलाह दी थी किन्तु उसने मुस्कराते हुए घर जाने में साफ मना कर दिया था , कहती थी किस घर में झगड़ा नहीं होता , उन्हें मेरी किसी बात पर गुस्सा आ गया होगा | गुस्से में भले ही उन्होंने मेरा सिर फोड़ दिया है , किन्तु देखना रात को मेरी चोट देखकर रोयेंगे और अपने आप को सजा देंगे | पता नहीं इन्हें गुस्से में क्या हो जाता है |

उसके बाद बेचारी एक सप्ताह भी न जी पायी, इसने फिर से उसके सिर में डंडा मार दिया और वह चींख भी न सकी | पुत्र मोह ने दूसरे की बेटी की जान ले ली |

उसके माता – पिता भी कितने नेक दिल है , ऐसे रिश्तेदार बड़े नसीबो से मिलते है | हमने हत्या को दुर्घटना बताया और वे मान गये वर्ना पूरा घर जेल में होता | मगर ये जीना भी तो जेल से बेहतर नहीं है | इसे जेल हो जाती तो कम से कम आज ये जिन्दा तो रहता , एक आस तो रहती , अब तो हम पूरी तरह बर्बाद हो गये | जीवन भर की कमाई भी बेटे के ऐब ढकने में चली गयी | यदि आज उस धन का हिसाब लगाये तो लाखो में खेल रहे होते |

भिक्की सिंह बोले दोनों बेटे भी तो इसी के कारण गैर हो गये | उनको भी क्या दोष दूँ ? उनके हिस्से का पैसा भी इसी के चक्कर में ठिकाने लग गया और कर्जदार भी हो गये | अब बाकी का जीवन उस कर्ज को चुकाने के लगेगा | दो लाख बच्चे के पिता को दिए , एक लाख दरोगा को दिए वर्ना जेल में पड़ा सड़ता | पत्नी की हत्या कर दी तो फिर दो लाख थाने में देने पड़े , वो तो इसके ससुराल वाले शरीफ आदमी थे नहीं तो पैसे का पैसा जाता और हम सब जेल में होते |

रकम सिंह की माँ बोली रोना तो जीवन भर का है , अब इन बच्चो का सोचो | भिक्की सिंह बोले लगता है इस पागल के बारे में सोच – सोचकर मैं ही पागल हो जाऊंगा | जानती हो सांप ने इसे क्यों काटा? वह बोली तुम भी कैसी बातें करते हो ? मौत पर भी क्या किसी का वश चला है जिसकी जैसे लिख दी गयी है उसे वैसे ही जाना है |भिक्की सिंह बोले इसी बात का तो ज्यादा दुःख है इसने जान – बूझकर अपनी मौत को ललकारा था , ये स्वयं ही काल के मुँह का ग्रास बन गया | वह बोली ये क्या कहते हो ? वह बोला यदि हरिया वहाँ न होता तो शायद मुझे कुछ भी पता न चल पाता और मैं भी ये सोचकर सब्र कर लेता कि इसकी मौत इसी तरह लिखी थी |

सुबह चार बजे ये हरिया के घर जाकर उससे बोला कि चाचा ईख काटने नहीं चल रहे हो ? हरिया इससे बोला कि अभी तो काफी अँधेरा है , एक घंटे बाद चलेंगे किन्तु ये न माना और हरिया को साथ लेकर खेत पर पहुँच गया | हरिया बोला कि थोड़ा अँधेरा छटने दे तब तक मैं गुड़गुड़ी पी लूँ | इस पर ये बोला कि चाचा तुम हुक्के में दम मारो , तुम्हारे लिये भी मैं ही ईख काटे देता हूँ | हरिया ने मना किया किन्तु ये ईख काटने में लग गया और आधे घंटे तक बिना रुके ईख काटता रहा , जब हरिया ने कहा कि बहुत कटायी हो गयी , गन्ने की छटाई भी करनी है , बस अब कटाई रहने दे तो बोला कि आज सब के हिस्से की ईख मैं ही काटे देता हूँ , चचा आज ईख काटने में बड़ा मजा आ रहा है | कुछ समय बाद ये चिल्लाया , चाचा मैंने नागिन पकड़ ली | हरिया घबराकर बोला , इसे छोड़कर खेत से बाहर निकल | मगर ये न माना , नाग ने डंक मारा तो उसे कस कर पकड़ लिया और बोला , ससुरी काटती है | अब तो तुझे बिलकुल न छोड़ूंगा | उसने मौका मिलते ही इसके माथे में डंक मारा तो ये हरिया से बोला चाचा ये तो बदला लेने आयी है , मैंने इसके माथे में डंडा मारा था इसने मेरे माथे में डंक मारा है , अब ससुरी को बिलकुल नहीं छोड़ूंगा | हरिया ने कहा कि इसे छोड़कर गाँव की तरफ भाग | वह इसे गले में डाल कर गाँव की तरफ दौड़ा , वह इसे काटती रही और जैसे ही इसकी पकड़ ढीली पड़ी , वह भाग निकली |

मैंने हरिया से पूछा , ये नाग था या नागिन ? वह बोला भैया , मैं क्या जानूं ? वैसे थी बड़ी भयंकर , मैं तो रकम सिंह के ये कहते ही कि उसने सांप पकड़ लिया है , बहुत दूर चला गया था | हाँ ये मुझे दूर से भी उसके साथ किलोल करता दिखायी दे रहा था |

अब बता , रकम सिंह की माँ , इसमें नाग या नागिन का क्या दोष था ? अगर ये पीछे हट जाता तो शायद वह चली जाती किन्तु इसके सिर पर तो मौत सवार थी | डाक्टर ने चार साल पहले चेतावनी दी थी कि ये कुछ भी कर सकता है , जब ये सपनो की दुनिया में रहता

है तो इसे अच्छे बुरे का ज्ञान नहीं रहता , उस स्थिति में ये किसी की हत्या भी कर सकता है | यदि उसके कहने पर इसे किसी मानसिक रोग चिकित्सालय में भर्ती करा देते तो शायद हमें ये दिन न देखने पड़ते | सिर्फ दो – तीन साल की बात थी किन्तु तुम तो इसे दो दिन के लिए भी न छोड़ना चाहती थी |

रकम सिंह की माँ ने आंसुओ से भीगे रुमाल से मुँह पोछा और स्मृतियो के अथाह सागर में डूब गयी |

6
सूखे आँसू

आज सुधा की शादी की 45 वीं वर्षगांठ थी ,वह अपने कक्ष में चारपाई पर लेटी हुई दिवास्वप्न में खोई थी । वह 65 वर्ष के अतीत को कल्पना के पंखों के सहारे व्योम में उड़कर , चलचित्र की भांति देखने का प्रयास कर रही थी। आँखों के समक्ष दीवार पर उसके पति मोहन लाल का फोटो टंगा था जिस पर गुलाब के सूखे पुष्पों की माला अब भी कमरे के वातावरण को सुगंधित किए थी । वह प्रतिदिन

सुबह 5:00 बजे बिस्तर छोड़ देती थी और दैनिक कार्यों से निवृत्त होकर अपने कक्ष में ही अपना एकांकी समय व्यतीत करती थी ।कभी सिलाई मशीन चला कर पुराने कपड़ों की मरम्मत में अपना एकांकी समय लगा देती थी तो कभी मैदे के

जवे तोड़ने में अपना समय व्यतीत करती थी।

सुधा का मन अपने गाँव जा पहुंचा जहाँ वह अपनी छोटी बहन के साथ खेलती थी । बचपन की न जाने कितनी ही सखियों के चेहरे उसके दृष्टि पटल पर आए और गायब होते चले गए । उसकी बहन सुमन जिसको वह प्राणों से भी अधिक प्रेम करती थी उसी ने उसके जीवन को जहन्नुम बना दिया था उसका मन क्षोभ से भर गया । वह उसके चेहरे को अपने ध्यान से हटाने का जितना प्रयास करती उतना ही सुमन का चेहरा उसकी आँखों के आगे नाचता हुआ प्रतीत होता ।वह छोटी बहन ,जो उसे सर्वाधिक प्रिय थी,आज उसकी सबसे बड़ी दुश्मन थी।

दोनों की शादी एक ही मंडप में हुई थी उस समय सुधा 20 वर्ष और सुमन 18 वर्ष की थी । सुधा का विवाह एक ग्रामीण युवक मोहनलाल फौजी के साथ हुआ था और सुमन एक फैक्ट्री में कार्यरत युवक सुरेंद्र सिंह के साथ परिणय सूत्र में बंध गयी थी ।दोनों का दांपत्य जीवन खुशी-खुशी व्यतीत हो रहा था । सुधा को पति के बिछोह के अलावा और कोई कष्ट न था।उसका ये कष्ट भी कुछ वर्षों बाद समाप्त हो गया जब मोहनलाल समयपूर्व ही सेवानिवृत्ति लेकर घर आ गये । मोहनलाल जी ने जल विभाग में नौकरी कर ली । उन्होंने शहर में शानदार मकान बनवाया वे दो पुत्रियों ,एक पुत्र और अपनी पत्नी के साथ शहर में रहने लगे। उन्होंने गाँव छोड़ तो दिया किन्तु वे गाँव से पूरी तरह अलग न हो सके। उनका तन शहर में और मन गाँव मे रहता था। वे सप्ताह में एक दिन गाँव में व्यतीत करने लगे। सुधा को उनका गाँव में जाना अच्छा नहीं लगता था किंतु मोहनलाल ने सुधा से साफ-साफ कह दिया था कि उसे अपने निजी जीवन में किसी भी

प्रकार का हस्तक्षेप पसंद नहीं है,वह जिस गाँव में पला बढ़ा है उसे इस प्रकार नहीं छोड़ सकता फिर अभी तक उसने अपनी खेती की जमीन बेची नही है केवल बटाई पर दी है उसे उस सिलसिले में भी गाँव जाना पड़ेगा। धीरे-धीरे वे गाँव की राजनीति में रुचि लेने लगे ।

इसी बीच उन्होंने अपनी बड़ी पुत्री का विवाह बड़ी धूमधाम से फौज के एक नौजवान सुनील के साथ कर दिया । एक वर्ष पश्चात गाँव में प्रधान पद के चुनावों के लिए अधिसूचना जारी हो गई । उनकी राते अब ज़्यादातर गाँव मे व्यतीत होने लगी । सुधा ने उन्हें गाँव की राजनीति से दूर रहने का सुझाव दिया किन्तु उन्होंने उसकी एक न सुनी । एक रात वे गाँव की राजनीति का शिकार हो गए , उनके कमरे में उनका सर कटा मृत शरीर मिला । परिवार में हाहाकार मच गया , पुलिस ने काफी छानबीन की किंतु कातिल के विषय में कुछ पता न चला और अंततः सुधा ने सीने पर पत्थर रखकर संतोष कर लिया।

उसने गाँव की जमीन बेच दी और एक वर्ष पश्चात सुधा ने अपनी छोटी पुत्री पूनम का विवाह एक प्राइवेट गन्ना फैक्ट्री में कार्यरत युवक सुधीर के साथ कर दिया ।

सुधा अपने पुत्र सागर के साथ शहर में जीवन यापन कर रही थी । उसने अपने पति की हत्या के बाद गाँव से पूरी तरह नाता तोड़ लिया। सागर ने 12वीं कक्षा पास की तो उसे अपने पिता के स्थान पर मृतक आश्रित कोटे से जल विभाग में सरकारी नौकरी मिल गई । माँ को पेंशन, बेटे को सरकारी नौकरी, एक बार फिर सब सामान्य हो गया । वे सुखद जीवन यापन करने लगे, अतीत मानसिक दुख ,कष्ट व परेशानियों से अवश्य भरा था किंतु उसे अर्थाभाव न था।दोनों पुत्रियों का विवाह हो ही चुका था इधर सरकारी नौकरी लगने के बाद सुशील के लिए रिश्ते भी आने लगे थे । सुधा अभी उसका विवाह करना न चाहती थी किंतु जब उसकी छोटी बहन सुमन ,सागर के लिए अपनी जान पहचान का हवाला देकर दिल्ली से रिश्ता लाई तो सुधा इंकार न कर सकी ।

सागर के साथ सारिका का धूमधाम से विवाह संपन्न हुआ । सुधा की सामाजिक जिम्मेदारी पूर्ण हुई तो उसने चैन की सांस ली । सागर ,सारिका को पाकर धन्य हो गया ।सागर पूरी तरह से सारिका के प्रेम सागर में डूब गया। सारिका को पाकर वह अपने आप से दूर हो गयाकिंतु कुछ दिनों पश्चात ही उसे एहसास हो गया कि सारिका उससे प्रेम नहीं करती और ये भी हो भी सकता है कि उसने विवाह अपनी इच्छा से ना किया हो । वह वापस दिल्ली आ गई और सागर के साथ जाने से उसने साफ इंकार कर दिया। सुधा इन सब बातों से अनजान थी उसने सरिता को समझाने की बहुत कोशिश की किन्तु वह अपने निर्णय से टस से मस न हुई।

अदालत का नोटिस आ गया जिसमें सागर पर दहेज मांगने का मुकदमा दायर किया गया सागर को जेल जाना पड़ा तो सुधा पूरी तरह से टूट गई । वह किसी भी कीमत पर इस मुसीबत से निजात पाना चाहती थी। सारिका के माता-पिता से मिलकर संबंध विच्छेद की कोशिश की गई , कई बार पंचायत हुई अंत में दहेज के सामान के अलावा दस लाख रुपये देकर सहमति पत्र पर हस्ताक्षर हुए । सुधा को लगा कि यह सब उसके साथ जानबूझकर किया गया है उसे अपनी बर्बादी के पीछे सुमन का हाथ लगा , उसने सारा इल्जाम उसके सर पर रख दिया।

सागर ,सारिका को दिल दे बैठा वह उसके दिलो दिमाग में घर कर गई । वह उसे भुलाने का जितना प्रयास करता है वह उसे उतना ही ज्यादा याद आती ।अब उसका किसी काम में मन न लगता है वह पागल सा हो गया ,उसने दफ्तर जाना भी बंद कर दिया । बेटे की हालत देखकर सुधा की रातों की नींद गायब हो गयी । उसने अपनी बेटियों को बुलाया और उन्होंने भाई को समझाने की काफी कोशिश की किन्तु सागर इश्क के दलदल में फंस चुका था वह इससे निकलने का जितना प्रयास करता उतना ही इसमें धसता जाता । एक रात उसने सारिका के नाम पत्र लिखा ।

मैंने तुम्हारा क्या बिगाड़ा था जो मेरे साथ तुमने यह सब किया तुम्हें मुझसे प्रेम नहीं किंतु मैं तो तुमसे मोहब्बत करता हूं । मैं तुम्हारे बिना जिंदा नहीं हूं , जानता हूँ मेरी माँ का मेरे सिवाय कोई नहीं है । उसने जीवन में दुःख ही दुःख देखे है । मेरे दिलोदिमाग पर तुमने कब्जा कर लिया है मैं तुम्हारे बिना जी नही सकता , तुमसे मिलने का कोई उपाय नहीं है मेरे लिए तुम तक पहुंचने के सारे मार्ग बंद हो चुके हैं इसलिए तुम्हारी यादों को साथ लेकर तुमसे बहुत दूर जा रहा हूँ ।

उसी रात छत के पंखे से लटककर उसने आत्महत्या कर ली । सागर अनन्त सागर में जा मिला । सुधा ने पुत्र को पंखे से लटका पाया तो बेहोश हो गयी । जब होश आया तो सागर का दाह संस्कार हो चुका था और घर में मातम छाया हुआ था । सुधा की आँखों में आँसू थे किन्तु उसने उन्हें बहने न दिया । उसने प्रारब्ध का लिखा मान कर सब स्वीकार कर लिया । उसने रोती हुई सुमन को देखा तो वह पागलों की तरह चींखने लगी , उसने अपने बेटे की आत्महत्या का इल्जाम उस पर लगा दिया ,जो उसे सर्वाधिक प्रिय थी ।सुमन ने सागर को खा लिया ।एक डायन ने बहन के बेटे को खा लिया । रिश्तेदारों ने सुधा को काफ़ी समझाया कि सुमन ने ये सब जानबूझकर नही किया , वह निर्दोष है किंतु वह उसे माफ करने को तैयार न थी।

7

मोह

सविता की शादी को पाँच वर्ष से अधिक बीत चुके थे परंतु इन पाँच वर्षों में वह अपनी ससुराल में पाँच माह से अधिक ने रही होगी। ऐसा नहीं था कि उसका पति सागर उससे प्रेम न करता था वह तो उस पर जान छिड़कता था,उसे दिलो-जान से चाहता था। सविता सौंदर्य की

सजीव प्रतिमा थी ,बातें करती थी तो लब गुलाब की दो पंखुड़ियों की तरह हिलते प्रतीत होते थे, कपोल तो साक्षात गुलाब ही थे । सविता मृदुभाषिणी थी । एक-एक शब्द नाप-तोलकर बोलती थी। उसके घने काले केश किसी भी रसिक को प्रेम पाश में जकड़ लेने के लिए काफी थे ।उसके नैनो की चंचलता आम इंसान के लिए अपठनीय थी ।

सागर भी कुरूप न था, वह गेहुँवा रंग का गठीला ,आकर्षक व शिक्षित युवा था। उसके चेहरे से भोलापन व निष्कपटता स्पष्ट झलकती थी।सागर और सविता का विवाह पारंपरिक रीति - रिवाज के अनुसार वेद मंत्रों के साक्ष्य के समक्ष , बड़ी धूमधाम से हुआ था।सागर पहली ही नजर में सविता की खूबसूरती पर मर मिटा था ,वह अपनी पत्नी से असीम प्रेम करता था किंतु उसे एक कष्ट था।सविता अपने पीहर में अधिक समय बिताना चाहती थी,वह दो दिन ससुराल में रहती तो दो सप्ताह के लिए अपने नैहर चली जाती थी।सागर समझता था कि उसकी पत्नी को अपने घर वालों से अधिक लगाव है और वह इस प्रकार के प्रेम में कोई बुराई भी न समझता था बल्कि उसे तो अपनी पत्नी के पैतृक प्रेम पर नाज था।वह जानता था कि एकदिन उसका प्रेम सविता के पैतृक प्रेम पर भारी पड़ेगा और वह उसके प्रेम की पवित्र डोर में उलझ कर रह जाएगी और नैहर जाने का नाम भी न लेगी ।

वह नवीन विचारों से भरा हुआ विशाल हृदयी युवक था उसे पत्नी के प्रेम में खोट नजर न आता था।वह उसके प्रेम पाश में पूरी तरह उलझ गया था,उसे उसकी कोई भी बात बुरी न लगती थी। सागर के माता -पिता कई बार उसे समझा चुके थे , '' बेटा ,बहू को समझाओ अपने घर को संभाले , इस तरह पीहर में रहना कोई अच्छी बात नहीं ।'' सागर यूँ तो अपना अच्छा-बुरा सब समझता था परंतु सविता के समक्ष वह चेतनाशून्य हो जाता था।सविता कभी माताजी की बीमारी के बहाने, कभी पिताजी की तबीयत खराब बताकर ,पीहर छोड़ने का नाम न लेती थी।जब कभी अपने घर वालों के समझाने बुझाने पर यह

अपनी ससुराल आती थी तो यहाँ आमरण अनशन शुरू कर देती थी ।अंततः सागर को इसे अपनी ससुराल छोड़कर आना पड़ता था।सागर भी कई-कई दिन ससुराल में ही व्यतीत कर लेता था।उसे किसी से कोई शिकायत न थी हाँ वह इतना अवश्य चाहता था कि उसकी पत्नी उसके साथ रहकर उसके माता-पिता की सेवा करें और नैहर के मोह को छोड़ कर अपनी घर-गृहस्थी को संभाले ।

सागर सविता को अपने साथ ले जाने के लिए तीसरी बार आया था । ससुराल में रहते हुए उसे चार दिन हो चुके थे। सविता हर रोज कह देती थी कि कल चलेंगे , कल चलेंगे । जाड़ो के दिन थे , सर्दी अपने उत्कर्ष पर थी शाम होते ही कोहरा अपना साम्राज्य स्थापित कर लेता था जो अगले दिन दोपहर तक चलता था ।थका- हारा, ठंड से डरा हुआ सूर्य अपनी काँपती हुई किरणें बड़ी मुश्किल से पृथ्वी पर भेजता था जो मार्ग में ही गुम हो जाती थी।

सागर ,साले और ससुर के साथ बैठक में लेटा हुआ था। सर्दी समस्त वातावरण के सब्र की परीक्षा ले रही थी रात्रि के 9:00 बजे होंगे किंतु गाँव में मध्यरात्रि का सन्नाटा था। सर्दी के कहर से डरकर लोग रजाई- गद्दों की शरण में छुप गए थे । मंद- मंद शीतल पवन आंधी सी प्रतीत होती थी। यदा-कदा कोई कुत्ता भौंक कर अपने जीवित होने का आभास कराता था परंतु जब साथियों का जवाब न मिलता तो वह भी चुप लगा जाता था। लगभग 10:00 बजे होंगे बैठक खर्राटों में डूब गई ।सागर की आंखों से नींद कोसों दूर थी वह उसे अपने पास बुलाने की कोशिश कर रहा था मगर नींद थी कि रुष्ट प्रेमिका की तरह नखरे किए जा रही थी । चिंता चित्त को अशांत कर देती है और अशांति में नींद कहाँ ? तकरीबन ग्यारह बजे होंगे , एक घंटा साले और ससुर की खर्राटा प्रतियोगिता का लुफ्त उठाने में बीत गया । दोनों सोए हुए संगीतज्ञों की भांति स्वर साधना में लीन थे और सागर एक अच्छे श्रोता की तरह आनंद विभोर था । अचानक एक आहट से उसका ध्यान भंग हुआ वह संगीत के मधुर संसार से वर्तमान की निर्मम

दुनिया में लौटा । वह धीरे से उठकर दरवाजे की दरार से झांकने लगा। उसे अंधेरे में कुछ हिलता सा प्रतीत हुआ और एक परछाई सी आगे बढ़ती दिखाई दी । अंधकार के साम्राज्य में उसे कुछ स्प्ष्ट तो दिखाई न दिया किन्तु उसे विश्वास हो गया कि बाहर कोई है। उसने धीरे से दरवाजा खोला , सर पर काली चादर लपेटी और जूती हाथ में लेकर बैठक से बाहर आ गया । बाहर की सर्दी से उसकी रूह तक कांप उठी , वापस लेटने का मन बनाया परन्तु उसे फिर वही आकृति अंधेरे में बढ़ती प्रतीत हुई , उसके कदम न जाने क्यों उस अनजान आकृति के पीछे बढ़ चले । सागर के पैर सुन्न थे किंतु मन चंचल । कौतूहल कदम आगे बढ़ा रहा था। जिज्ञासा सच जानने के लिए जीवात्मा को प्रेरित कर रही थी । मस्तिष्क बार-बार रोकता था ,वह रुक -रुककर सोचता था। यदि किसी ने उसे इस हालत में देख लिया तो वह उसके बारे में क्या-क्या सोचेगा। यदि जाने वाला चोर या डाकू हुआ और उसने उस पर हमला कर दिया तो वह क्या करेगा ? सच जानने की जिज्ञासा ने पैरों को पंख लगा दिए । काली छाया गांव पार कर तीव्र गति से जंगल की ओर बढ़ चली। सागर के ठन्डे पैरों की गति भी बढ़ गई । दोनों तरफ ईंख के खेत थे, रास्ते पर फैली पत्तियों ने उसके हाथ जख्मी कर दिये । दो पथिक एक मार्ग पर बढ़े जा रहे थे अंतर केवल यह था कि एक को गंतव्य का पता था दूसरा अनजान मंजिल की तरफ कौतूहल वश बढ़ा जा रहा था।

अचानक काली छाया रुकी , सागर सचेत होकर जहां का तहां पत्थर की शिला बन गया । कुछ समय पश्चात उसे प्रकाश दिखाई दिया । वह धीरे-धीरे आगे बढ़ा , उसे एक विशाल पीपल के वृक्ष के समीप झोपड़ी दिखायी दी । झोपड़ी के अंदर अब भी मन्द-मन्द प्रकाश था ,वह झोपड़ी के पीछे की तरफ , अँधेरे में छिपकर , अन्दर झांकने की कोशिश करने लगा। चिराग बुझ चुका था ।सागर को झोपड़ी में कुछ न दिखाई दिया। कुटी से वह अस्पष्ट आवाज सुनने लगा । एक पुरुष एक महिला को कई दिन तक प्रतीक्षा कराने के लिए डॉट रहा था, वह उससे क्षमा याचना कर रही थी। आवाज पहचानने के लिए उसके

कान अधिक सचेत हुए वह कुछ और आगे बढ़ा, अब उसे अंदर की बातचीत साफ सुनाई दे रही थी । कुटी से सविता की आवाज सुनकर सागर सन्न रह गया । वह कह रही थी," महाराज, तीन दिन से मेरा पति मुझे अपने साथ ले जाने की जिद कर रहा है , मैंने दो बार उसे समझा कर लौटा दिया था किंतु इस बार ससुराल जाना ही पड़ेगा ।"

सागर केदिलोदिमाग में विचारों का भूचाल सा आ गया ,उसका तन पसीने से नहा गया।मन - मस्तिष्क में दबी हुई क्रोधाग्नि ने तन की सर्दी को छूमंतर कर दिया । अब सागर से कुछ छिपा न था , ये कुटिया किसी साधु की थी ।साधू और सविता के मध्य के अवैध संबंध ने उसके प्रेम के संसार को उजाड़ दिया था ।

अंधेरे का काम समाप्त हुआ तो कुटी में दीपक जला । सागर ने कुटी की दरारों से अंदर झांककर देखा , अंदर का दृश्य देखकर वह दंग रह गया, उसके तन - मन में आग लग गई, वह गुस्से गुस्से से कांपने लगा किंतु उसने अपने ऊपर नियंत्रण बनाए रखा । अब दोनों एक दूसरे की बाहों में सिमटे भविष्य में मिलने के वायदे कर रहे थे । सविता, साधु से ससुराल से शीघ्र लौटने का विश्वास दिला रही थी । सुबह के 2:30 बजे थे सविता , साधू के साथ कुटी से बाहर निकली, साधू भी उसके साथ गांव के रास्ते पर विदा करने के लिए चला । कुटी में मंद मंद चिराग अब भी जल रहा था । सागर ने न जाने क्या सोचकर कुटी में प्रवेश किया और कुछ तलाशने लगा उसने कुटी में से डंडा लिया और चिराग बुझा कर साधु के लौटने की प्रतीक्षा करने लगा । लगभग 10 मिनट पश्चात उसे साधू के कदमों की आहट सुनाई देने लगी । कुटी में चिराग गुल पाकर उसे कुछ आशंका तो अवश्य हुई किंतु इसके पहले कि वह कुछ समझ पाता , सागर ने पूरी ताकत से साधु की सिर पर डंडा दे मारा । एक दबी सी चीख साधु के मुंह से निकली और वह बेहोश होकर जमीन पर गिर पड़ा । सागर क्रोधाग्नि से पागल सा हो गया और उसने अनगिनत बार साधु के सिर पर किये और उसका काम तमाम कर घर के मार्ग पर तेजी से बढ़ चला।

अत्यधिक भय भी मनुष्य को बहादुर बना देता है । भय ने सागर के पैरों में इंजन लगा दिया उसने सविता को घर में प्रवेश करते हुए देखा , धीरे से बैठक का दरवाजा खोल कर अंदर प्रवेश किया और दरवाजा बंद कर चैन की सांस ली । बिस्तर की गर्मी की गोद में उसे ऐसी नींद आई जैसी एक शिशु को मां की गोद में आ जाती है । प्रातः होते ही गांव में साधू की हत्या का शोर मच गया । गाँव का समाज साधु की हत्या पर शोक मना रहा था । अधिकांश लोग साधु की सज्जनता का बखान कर रहे थे और हत्यारे को कोस रहे थे । कोई कहता था हत्यारे का नाश हो , कोई कहता था उसका परिवार उजड़ जाए , कोई कहता साधू की मौत बड़ी दर्दनाक हुई , कोई कहता था सब पूर्व जन्मों का फल है , साधू की मृत्यु इसी भांति लिखी हुई थी। कोई साधु की स्मृति में मंदिर बनवाने का सुझाव देता था कोई आँसू बहाता था कोई सब्र कर जाता था , कोई उसे आत्मज्ञानी बताता था कोई कोई पाखंडी भी कह जाता था , जितने मुंह उतनी बातें । सागर , सविता के पास गया , उसने उसके चेहरे से गीला दुपट्टा हटाते हुए कहा , बस अब सब्र भी करो , होनी को कौन टाल सकता है ? वह फूट-फूट कर रोने लगी । सागर ने उसे सांत्वना देते हुए , समझाते हुए कहा साधू-असाधू सभी को तो यह संसार,एक दिन छोड़कर जाना पड़ता है । ईश्वर ने जिसकी मृत्यु जिस प्रकार लिखी है उसे उसी प्रकार संसार त्यागना पड़ता है । सविता ने धीरे से सिर्फ इतना कहा साधू जी मुझे बहुत प्यार करते थे।

संध्या पूर्व सागर , सविता को लेकर अपने घर पहुँच गया । फिर कभी सविता ने अपने नैहर जाने की बात न की, मगर सागर के चित से साधु की हत्या वाली रात भुलाए न भूलती थी । सविता के चित पर भी साधु की छवि अमिट थी लेकिन फिर कभी उन दोनों ने साधु के बारे में बात न की । समय बड़े बड़े घाव भर देता है । विस्मृति मनुष्य का स्वाभाविक गुण है जो बड़े से बड़े घाव को भर देता है । दोनों अतीत को भुलाकर अपनी नयी दुनिया में खो गये ।

खान चंद विकल।

खानचन्द विकल।

खान चंद विकल।

8
सोने का सुख

मास्टर धर्मपाल सिंह यूँ तो धार्मिक प्रवृत्ति के व्यक्ति थे किन्तु उनकी आस्था धर्म से अधिक कर्म में थी | उनका मानना था कि कर्म और कर्तव्यपरायणता से मनुष्य की तक़दीर बदल सकती है | सुबह जल्दी उठना और रात्री में देर से सोना , उनके लिए सफलता का यही मूल मन्त्र था | प्राथमिक पाठशाला में शिक्षण कार्य के पश्चात् उनके पास जो भी समय बचता था , उसे वे कपड़ो की सिलाई करने में व्यतीत करते थे | उनकी कोशिश अधिकाधिक समय के सदुपयोग की रहती थी इसलियें पड़ोसियों के पास कम ही बैठते थे |

उनके छोटे से परिवार में उनकी पत्नी हरदैयी , दो पुत्रियाँ और दो पुत्र थे | उनका छोटा साला मोहन भी उनके पास ही रहता था | यूँ तो ये परिवार सभी प्रकार से सुख – सम्पन्न था किन्तु मास्टर साहब के मन पर एक बोझ था जिसके कारण वे व्यथित रहते थे |

जब धर्मपाल सिंह व हरदैई परिणय सूत्र में बंधे तो उनकी आयु क्रमशः बीस और अठारह की थी | धर्मपाल सिंह ने बारहवी पास करने के पश्चात् दो वर्षीय बी. टी. सी. डिप्लोमा में दाखिला ले लिया था | उन्हें विश्वास था कि इस कोर्स के पश्चात् , बहुत जल्दी उनकी नियुक्ति प्राथमिक विद्यालय में सहायक अध्यापक के पद पर हो जाएगी | किन्तु नौकरी मिलना इतना आसान न था जितना वे समझते थे |

ऐसा नहीं था कि हरदैई विद्यालय गयी नहीं थी , वह विद्यालय तो गयी थी किन्तु उसने अपने कोमल मस्तिष्क में बेजान अक्षरों को घर न बनाने दिया था | उसे तो अपनी माँ के साथ घास काटना अच्छा लगता था | यूँ भी उन दिनों , समाज में नारी शिक्षा पर अधिक जोर न दिया जाता था | जब उसका जी करता था तो कभीकभार पाठशाला भी चली जाती थी किन्तु उसका दिमाग अक्षरों के खेल में न लगता था उसे तो सखियों के साथ मिटटी में खेलना , पेड़ पर चढ़ना , घास काटना और पशुओं की सेवा करने में आनंद आता था | बचपन से

यौवन की दहलीज पर कदम रखते ही , उसने अपने दिमाग से अक्षरों का बोझ उतार फैंका था और वह पूरी तरह निरक्षर हो गयी थी |

यूँ तो उसकी शादी बड़ी धूमधाम से हुई थी और पति से भी उसे कोई शिकायत न थी किन्तु उसके पास गहने न थे , न तो उसके पिताजी की ही ऐसी हालत थी जो उसे आभूषण की सौगात देते और न ही उसकी ससुरालवालों ने ही उसे गहनों का तौफ़ा दिया | यूँ तो उस पर स्वर्णिम आभूषण चढ़ाये गये थे किन्तु इ सब उधार के थे | जिन गहनों की चमक उसकी आँखों में बस चुकी थी वे ससुरालवालों ने दो दिन बाद ही उतरवा लिए थे | उसने अपने पति से इसकी शिकायत भी की थी किन्तु उस समय धर्मपाल सिंह ने नव वधू का मन रखने के लिये कह दिया था कि वह बहुत जल्द वैसे ही गहने उसके लिए बनवा देगा | वह उन गहनों को अपने ऊपर उसका कर्ज समझेगा और दिन – रात मेहनत कर , उसके लिए आभूषण बनवा देगा | कहना आसान था किन्तु उसके लिये ये काम इतना सरल न था | धर्मपाल सिंह के पिताजी अक्सर बीमार रहते थे | उनके बड़े भाई कृपाल सिंह ने स्वयं को पितृ ऋण से मुक्त कर लिया था , उसने साफ – साफ कह दिया कि वह तो अपने परिवार के साथ अलग रहता है , जब उसे विवाह के पांच वर्ष पश्चात् ही अलग कर दिया गया था तो वह अब पिताजी की बिमारी का खर्च क्यों वहन करे ?

धर्मपाल सिंह ने पढाई के साथ – साथ सिलाई का काम भी सीख लिया था और अब यही उनके जीवन यापन का सहारा था | विवाह के दो वर्ष पश्चात् हरदैयी ने पुत्री को जन्म दिया | ये पुत्री धर्मपाल सिंह के लिए सुख का समाचार लेकर आयी, एक माह भी न बीता था कि उनकी नियुक्ति , दस किलोमीटर दूर ' पचौता ' नामक गाँव के प्राथमिक विद्यालय में हो गयी | सोचते थे कि शायद अब अभावो का अंत हो जायेगा किन्तु दो वर्ष पश्चात् फिर हरदैयी ने पुत्री को जन्म दिया तो घर में मातम छा गया और इसी शोक ने धर्मपाल सिंह की माताजी के प्राण हर लिए | जितने मुँह उतनी बाते औरतें अबोध शिशु

को अशुभ बताने लगी , किन्तु दोनों ने दुनिया की बातों पर ध्यान न दिया | दो वर्ष पश्चात् हरदैयी ने पुत्र रत्न को जन्म दिया तो घर में खुशियों की बरसात हो गयी | दोस्तों , रिश्तेदारों व मोहल्लेवालों को दावत दी गयी किन्तु ये खुशियों का दौर अधिक समय तक न रह सका , पुत्र जन्म के दो माह पश्चात् ही माताजी ने पिताजी को भी अपने पास बुला लिया | पितृ ऋण के भुगतान के चक्कर में धर्मपाल सिंह के ऊपर दस हजार रूपये का कर्ज हो गया | 100 रूपये वेतन और दस हजार रूपये का कर्ज , वे कर्ज के बोझ से दब गये | अट्ठाईस साल की उमर में ही चालीस के दीखने लगे |

पति को कर्ज में दबा पाया तो हरदैयी ने खुरपी – दरांती संभाल ली | उसने हिस्से पर एक भैस ली और दूध बेचकर , पति की सहायता करने लगी | उसने खुरपी – दरांती के बल पर दो वर्ष में दो भैसे खरीद ली , उसी मेहनत से धर्मपाल सिंह को काफी बल मिला | इसी बीच हरदैयी ने एक पुत्र को और जन्म दिया , फिर पति के परामर्श पर , जिला अस्पताल जा कर उसने नसबन्दी करा ली |

दो से चार हाथ हुए तो कर्ज का बोझ कम होने लगा | हरदैयी ने अपने छोटे भाई विपिन को भी अपने पास ही बुला लिया , अब वह अक्षरों की ताकत से भली – भांति परिचित थी और चाहती थी कि उसका भाई अपने जीजा जी की संगति में रहकर अच्छी शिक्षा प्राप्त करे |

धर्मपाल सिंह ने धीरे – धीरे उऋण होने के पथ पर कदम तो बढ़ाये किन्तु पत्नी से किया वायदा उनके लिये एक कटु स्वप्न बन कर रह गया | कम सोने और काम की अधिकता के कारण शरीर क्षीण होता गया |

एक दिन प्रभा और प्रोमिला नाम की दो सखियाँ , शहर से गाँव को चली | प्रभा के हाथ में एक छोटा बैग था और प्रोमिला के हाथ में एक पर्स | दोनों सखियों ने एक ही रंग के सूट पहन रखे थे , दोनों

की उम्र लगभग चौबीस वर्ष थी | उनका पहनावा , चाल – ढाल व बातचीत का ढंग , उनके सुशिक्षित होने की तरफ इशारा कर रहा था | वाणी की मधुरता , कपोलो की लालिमा , होठों पर हँसती मुस्कराहट व यौवन की चमक ने उनके सौन्दर्य को चार चाँद लगा दिये थे| प्रभा की मौसी , धर्मपाल सिंह के गाँव के पास के गाँव में रहती थी और प्रोमिला अपनी सखी के साथ शहर से गाँव दर्शन के लिये आयी थी |

सायं के लगभग चार बजे थे | दोनों सखियों ने दो मील का पैदल सफ़र तय कर लिया था | वे धर्मपाल सिंह के गाँव के बाहर , प्राथमिक पाठशाला पर रुक गयी और इधर – उधर देखकर उन्होंने अपना बैग और पर्स एक पेड़ के नीचे रख दिया और मक्का के खेत में शौच के लिए घुस गयी |

हरदैयी पास ही एक दूसरे खेत में घास काट रही थी उसने पेड़ के नीचे बैग और पर्स रखा देखा तो दौड़कर पेड़ के पास आयी और क्षण भर में बैग की तलाशी ले डाली | उसने स्वर्णाभूषण निकाल कर घास की गठरी में रखे और अपने घर की तरफ दौड़ी | जल्दीबाजी में हरदैयी , बैग की चैन लगाना भूल गयी| उसे आभूषण घर ले जाना उचित नहीं लगा इसलियें उसने उन्हें कूड़े के ढेर में छिपा दिया और शीघ्रता से घर पहुँच गयी|

दोनों सखियाँ पेड़ के पास पहुँची तो बैग की चैन खुली देखकर उनके पैरो के नीचे से जमीन ख़िसक गयी | प्रभा ने घास खोदती हुई हरदैयी को देख लिया था वे जल्दी से दौड़ती हुई , पास की बस्ती में गयी और घास खोदने वाली के बारे में पूछने लगी | उन्हें देखकर बस्ती के स्त्री – पुरुष इकट्ठे हो गये और उनसे पूछने लगे कि आखिर हुआ क्या है ? उन दोनों ने सारी घटना मोहल्ले वालो को बताई कि किस तरह उनके बैग की चैन खोलकर , स्वर्णाभूषण चुरा लिए गये | कुछ ही मिनट में ये घटना आग की तरह पूरे गाँव में फ़ैल गयी |

हरदैयी ने स्कूल के पास घास काटने की बात तो स्वीकार की किन्तु पेड़ के पास रखे सामान के पास जाने की बात से साफ मुकर गयी | उसने दृढ़तापूर्वक कह दिया की वह तो स्कूल की तरफ पीठ करके घास काट रही थी उसने तो लडकियों को देखा ही नहीं | प्रभा और प्रोमिला ने गाँव के प्रधान जी के पास शिकायत की और पांच बजते – बजते गाँव में पंचायत बैठ गयी | हरदैयी से उन लडकियों के आसूओं का वास्ता देकर कई बार पूछा गया किन्तु उसने हर बार एक ही जबाब दिया कि वह बैग के अन्दर रखी चीजों के बारे में कुछ नहीं जानती | उसे मंदिर ले जाकर , उसके छोटे बेटे के सिर पर हाथ रखकर , शपथपूर्वक चीजे न लेने की बात को दोहराने को कहा गया | हरदैयी ने सुमित के सिर पर हाथ रखकर , उसकी कसम खाते हुए कह दिया कि यदि उसे उन चीजो के बारे में कुछ भी पता हो तो उसका बेटा वहीं खड़ा – खड़ा मर जाये | इससे आगे और हो ही क्या सकता था ? कुछ लोगो ने चीजे गुम होने की शिकायत थाने में दर्ज कराने का परामर्श भी दिया , किन्तु उस पर पंचायत में सहमति न बनी | अन्त में , प्रधान जी ने बस्ती की एक सम्मानित महिला कमला को , हरदैयी से बात करने का काम सौपा | उन दोनों ने एकान्त में लगभग दस मिनट तक बातें की , तत्पश्चात कमला ने पंचायत में सबके सामने कह दिया कि हरदैयी को वास्तव में चीजों के बारे में कुछ पता नहीं है | प्रभा और प्रोमिला के आसुओं का उसके पाषाण हृदय पर कुछ असर न हुआ |

दोनों सखियों को दो माह पश्चात् विवाह था , वे दोनों ख़ुशी – ख़ुशी अपने – अपने गहनों की चमक आँखों में लिए , मौसी को आभूषन दिखाने जा रही थी और इस गाँव में आकर लुट गयी थी | प्रभा के मौसा और मौसी तक ये समाचार पहुँचा तो वे दौड़े – दौड़े चौपाल पर पहुँचे | प्रभा अपनी मौसी से लिपट कर फूट – फूट कर रोने लगी | प्रभा के मौसा जी ने दोनों को ढांढस बंधाया , उन्हें समझाया कि ईश्वर बड़ा कारसाज है , वही देता है वही ले लेता है , तुम चिंता न करो , समझ लो की गहने तुम्हारी किस्मत में ही न थे | दोनों सखी

रात को ही घर लौट जाना चाहती थी किन्तु प्रभा के मौसा व मौसी ने उन्हें वापस न जाने दिया और वे उन्हें अपने साथ लेकर अपने घर लौट गये | सारी रात दोनों ने रो – रो कर काटी | सुबह प्रभा की मौसी उन्हें उनके घर छोड़ने गयी | समय के साथ – साथ दोनों सखियों ने सब्र कर लिया |

दो दिन बाद , हरदैयी गहनों की पोटली कूड़े के ढेर से निकाल लायी और उन्हें अनाज की कोठी में छिपा दिया | एक रात , जब सब सो गये तो हरदैयी उठी , उसने गेहूं की कोठी से गहने निकाले और उन्हें धारण कर स्वयं को माटी के दीपक के मंद प्रकाश में , दर्पण में निहारने लगी | सचमुच उसके सौन्दर्य को चार चाँद लग गये थे | वह अपने सौन्दर्य पर स्वयं मुग्ध थी किन्तु वह खूबसूरती किस काम की , जिसके निहारने वाला और प्रशंसा करने वाला कोई न हो | उसका जी चाहा कि वह अपने पति को जगाले , और उससे पूछे कि वह उन गहनों में कैसी लग रही है ? किन्तु वह उन्हें उठाने का साहस न कर सकी | उसने गहने उतारे , वापस उसी स्थान पर रखे और सोने की चेष्टा करने लगी | कई दिन हो चुके थे किन्तु वह रात भर में दो घंटे से अधिक न सो पाती थी | इधर आँखें बंद कर सोने का प्रयास करती उधर नींद के साथ ही भयंकर स्वप्न सताने लगते और वह डर कर बैठ जाती |

एक रात उसने मास्टर धर्मपाल सिंह से कहा कि उसने , सुहागरात को उससे किया वायदा पूरा नहीं किया | वे बोले कि वे दिन – रात काम करते है फिर भी इतना नहीं बचा पाते कि गहने बनवाने के बारे में सोच भी सके , बस तुम दो साल और ठहर जाओ , ईश्वर ने चाहा तो सब ठीक हो जायेगा | हरदैयी बोली , अब तुम्हे गहने बनवाने की जरुरत नहीं , मैंने अपने लिये गहनों का प्रबन्ध कर लिया है | इतना कहकर उसने ओढ़ना बदन से अलग कर दिया और स्वर्णाभूषण से सुसज्जित शरीर को मास्टरजी के समक्ष प्रस्तुत कर , उनसे पूछने लगी कि वह उन गहनों में कैसी लग रही है ? कुछ पल के लिए तो

वह उन्हें इन्द्रलोक की अप्सरा प्रतीत हुई किन्तु शीघ्र ही वे कल्पना लोक से वास्तविक संसार में लौटे |

उनकी आँखों में क्रोध की रक्तिमा उभर आयी और गर्म – गर्म आँसू उनके घुटनों पर गिरने लगे | वे हरदैयी की तरफ नफ़रत से देखते हुए बोले , ' अरी नाशन ये तूने क्या कर दिया ? तूने तो मेरे जीवन भर की तपस्या भांग कर दी | यूँ तो मैं पंचायत में बड़ी शर्मिंदगी महसूस कर रहा था किन्तु तब मुझे ये इत्मिनान था कि सच की राह में कांटे ही मिलते है | मैं तुम्हे निर्दोष समझता था किन्तु तुमने तो उन बेचारी लडकियों के सपनों के संसार को अपनी लालच की चिता में स्वाहा कर दिया |'

कई दिनों तक तूफान के बाद की ख़ामोशी छाई रही | मास्टर साहब में ने तो इतना नैतिक साहस ही था कि वे अपनी पत्नी की चोरी को लोगो को बता पाते और पंचायत में माफ़ी मांगकर , लडकियों के गहने लौटा देते न चोरी के सामान के साथ सामंजस्य बैठा पा रहे थे | अन्त में लालच ने एक नया रूप धारण किया , उन्होंने ये सोचकर अपने मन को समझाने का प्रयास किया कि दुनिया में जो कुछ करता है ईश्वर करता है , प्राणी तो कारण मात्र है जो वस्तु जिसकी होती है अंततः उसके पास ही पहुँच जाती है | समय के साथ – साथ पति – पत्नी के बीच की कटुता कम होती गयी किन्तु उन्होंने , उससे साफ – साफ कह दिया कि वह उन गहनों को पहन कर उसके सामने कभी न आये |

मक्का की फसल शनैः – शनैः बाल्यावस्था से किशोरावस्था की ओर बढ़ रही थी | मन्द – मन्द गिरती वर्षा की फुहारे , पौधों के लिए शक्तिवर्धक ओषधि का कार्य कर रही थी | दो घंटे पूर्व भारी वर्षा हुई थी जिसका पानी रास्तों में भर गया था | मोहल्ले के बच्चे जल क्रीडा में मग्न थे , अचानक सुमित रास्ते में खड़े विद्युत् स्तम्भ के पास पहुँच गया और उसका पैर पास पड़े विद्युत् के तार से छू गया | बच्चों ने सुमित को तड़फते देखा तो उसके घर खबर दी | मोहल्ले के स्त्री –

पुरुष पल भर में जमा हो गये | सूखे डंडे से तार को हटा कर सुमित को अस्पताल ले जाया गया किन्तु उसकी प्रणात्मा पहले ही , गर्म देह को छोड़कर अनन्त ब्रहमाण्ड में विलीन हो चुकी थी |

बेटे की असमय मृत्यु से मास्टरजी पूरी तरह से टूट गये | हरदैयी का रो – रोकर बुरा हाल था | मोहल्लेवालों में कुछ अलग ही चर्चा थी , कोई मुँह पर कुछ न कहता था मगर आपस में बातें करते थे तो सब इसे कर्मो का फल बताते थे | उनके साथ सच्ची सहानुभूति सिर्फ कमला की ही थी | मास्टरजी के सामने प्रभु इच्छा बताकर सब सब्र करने की सलाह देते थे किन्तु पीठ पीछे हरदैयी को बेटा खा जाने वाली डायन बताते थे |

वक्त बड़े से बड़े जख्म को भर देता है किन्तु ये ऐसा घाव था जो समय के साथ – साथ गहरा होता जाता था | पुत्र की असमय मृत्यु ने दोनों की आँखों की नींद छीन ली थी | अब दोनों में सहमति बनी कि जल्द से जल्द इन सोने के गहनों से छुटकारा पाया जाये | किन्तु समस्या ये थी कि उन्हें किसे बेचा जाये | आसपास के सुनारों के पास जाने से रहस्य से पर्दा उठ सकता था | काफी विचार – विमर्श के बाद , दोनों ने शहर जाकर वे आभूषण बेच दिये और थोड़े – थोड़े करके दो – तीन माह में पैसे बैंक में जमा करा दिए |

अब मास्टर जी की गिनती बस्ती के सम्पन्न व्यक्तियों में होती थी , वे कभी किसी को उधार पैसे देने से मना न करते थे और सूद के नाम पर नाम मात्र का धन ही लेते थे | हरदैयी के पास भौतिक सुख – सुविधाओं का अभाव न था किन्तु उसे मानसिक शान्ति न थी | सुमित का सुन्दर व भोला चेहरा उसकी आँखों से ओझल न होता था , वह उसकी असमय मृत्यु के लिए स्वयं को जिम्मेदार समझती थी | दिन में सुमित का मासूम चेहरा पलके न झपकने देता था और रात में प्रभा और प्रोमिला का आकर्षक चेहरा , चुड़ेलों की शक्ल में तब्दील हो जाता था | वह जब भी आँखें बंद करती , वे दोनों सोने की कटारे लिये उसकी तरफ दौड़ती | रात भर यही खेल चलता रहता | हरदैयी

मानसिक व शारीरिक व्याधियों का घर बन कर रह गयी | उसने स्वयं को सँभालने की बहुत कोशिश की किन्तु जागती आँखों के दुस्वप्नों के जाल से निकल न सकी | इसी स्थिती में उसने बड़ी बेटी का विवाह कर दिया |

मास्टरजी ने शहर के जाने – माने चिकित्सकों से भी हरदैयी का इलाज कराया किन्तु कोई भी उसे इस व्याधि से छुटकारा न दिला सका | नींद की गोलियां भी आखिर कब तक शकुन दे पाती , वह उन गोलियों की आदी हो गयी |

मास्टर जी ने छोटी पुत्री का विवाह शीघ्र करने में ही समझदारी समझी क्योंकि अब घर का माहौल पहले जैसा न रह गया था और वे न चाहते थे कि उनकी पत्नी की मानसिक बिमारी से उनके बच्चे भी प्रभावित हो | गाँव में चर्चा होने लगी थी कि हरदैयी पागल हो गयी है और इसका प्रभाव उनके बच्चों के विवाह पर भी पड़ सकता था |

हरदैयी की विश्वासपात्र सहेली , कमला ने अपना फर्ज निभाया और वह उसकी छोटी बेटी के लिए एक अच्छा रिश्ता ले आयी और ख़ुशी – ख़ुशी विवाह संस्कार कार्यक्रम सम्पन्न हो गया | बेटियों के विवाह के पश्चात् कुछ दिन ही चैन से गुजरे थे कि एक दिन हरदैयी ने मास्टर जी से कहा कि अब वह ज्यादा समय तक जीवित रहने वाली नहीं है , कहीं वह बेटे की बहू का मुँह देखे बिना ही इस दुनिया से न चली जाये |

बेटियों के विवाहोपरांत मास्टर जी को ही घर का काम – काज करना पड़ रहा था और उन्हें अपनी पत्नी का सुझाव भी उचित लगा | इधर बेटे की शादी हुई , उधर उसको सरकारी नौकरी भी मिल गयी | घर में आवश्यकता और विलासिता का सब सामान मौजूद था किन्तु हरदैयी के चित्त को चैन न था|

पुत्र के विवाह को एक वर्ष भी पूरा न हुआ था की वह एक रात घर की छत से गिरकर इस फानी दुनिया से कूच कर गयी | मास्टर जी इस दुःख को बर्दाश्त न कर सके , उन्हें हृदयाघात हुआ वे कई दिनों तक मौत से जंग करते रहे किन्तु जीत न सके |

९
प्रणय दीप

सैर सपाटा को मैं ना पसंद करता हूं ऐसा तो नहीं है किंतु मन में कुछ ना कुछ करने की इच्छा इतनी प्रबल रही कि सैर सपाटे का ख्याल ही मन में ना आया । शहर की भाग - दौड़ ने यूं ही प्रकृति से

दूर कर दिया था । मन में विचार आया कि दो - चार दिन , घर से दूर किसी ग्रामीण परिवेश में गुजारे जाये । मैंने मित्रों से मन की बात कही , उन्होंने पूछा , कहां जाना चाहते हो ? मैंने यूं ही कह दिया कि ' नया गांव ' की तरफ चला जाऊं ? एक मित्र बोला कि यदि' नया गांव ' जा ही रहे हो तो पागल माली का बाग जरूर देख कर आना । सुना है बड़ा मनोरम स्थान है । बाग बगीचे में तो मेरी रूचि क्या थी किंतु पागल माली से मिलने की इच्छा अनायास ही मन में जागृत हो गई । अगले दिन जरूरी सामान का थैला उठाया और 'नया गांव ' की तरफ चल दिया । दिया दिन भर बस से चला , रात्रि एक होटल में व्यतीत की और अगले दिन सुबह - सुबह ' नया गाँव ' की राह पकड़ ली , रास्ते में कई लोग मिले , सभी ने पूछने पर बस यही कहा कि यही पास में ही पागल माली का बगीचा है और वहां से 2 किलोमीटर की दूरी पर ' नया गांव ' है । घंटों चलने के पश्चात की पागल माली के बाग के दर्शन हुए तो थके तन ने मन से पूछा कि क्या जरूरत थी गाँव की कच्ची धूल भरी सड़कों पर धक्का खाने की , आराम से टीवी देखने में समय व्यतीत हो ही जाता था । जेठ की कड़ी धूप में कोई पागल ही , किसी पागल से मिलने के लिए इस तरह भटकेगा ।

पागल माली के बाग में प्रवेश किया तो वह मुझे पानी देने के लिए बैसाखी के सहारे उठने का प्रयास करने लगा , मैंने उससे कह दिया कि वह उसके लिए कष्ट न उठाए , वह खुद पानी ले लेगा । एक लोटा जल पीने के पश्चात शरीर में प्राण लौटे । इस बात की सुंदरता ने मन मोह लिया , कई प्रकार के पुष्पीय पौधे आपस में प्रेम व सद्भाव के साथ रह रहे थे । जरा सी हवा चलती तो पेड़ - पौधे सजीव हो उठते , ऐसा प्रतीत होता था कि सूर्यदेव ने मनुष्यों के साथ - साथ पेड़ पौधों के प्राण भी हर लिये है । यदि मिट्टी के मटके का ठंडा जल न मिलता तो शायद जीवन सूर्य की भेट चढ़ जाता । इस बगीचे की सिंचाई के लिए सिर्फ हाथ से चलने वाला नल ही था । दोनों पैरों से अपाहिज पागल माली उससे कितना जल खींच पाता होगा , यह सोचकर अचरज में था क्योंकि बगिया को देखकर ऐसा प्रतीत नहीं

होता था कि पौधे प्यासे हैं , हर पेड़ - पौधे के पास जिंदा रहने लायक पर्याप्त पानी था । कुछ शोषक प्रवृति वाले पौधे न सिर्फ पड़ोसी पौधों के जल पर कब्ज़ा किये थे बल्कि उनके भोजन पर भी डाका डाले थे किंतु फिर भी सब सहयोग के साथ रह रहे थे । कुछ देर तक बगिया में निहारता रहा फिर जैसे ही माली के पास आया तो उसने प्रश्न किया कहाँ जाओगे भाई ? मैंने तपाक से उत्तर दिया , मैं तो आपसे मिलने ही आया हूँ ।आप चाहे तो एक - दो दिन आपके पास ही रह लूँ। इस उत्तर से उसे कोई खास प्रसन्नता न हुई बल्कि उसके चेहरे की उदासी उसके अंतर भावों का स्पष्ट संकेत कर रही थी । उसे जवाब पसंद नहीं आया , कुछ समय पश्चात उसने अपना पूर्व प्रश्न दोहराया तो मैंने भी अपने पूर्वोत्तर की प्रमाणिकता में कह दिया कि मैं तो बस आपके पास ही दो दिन गुजारना चाहता हूं यदि आपको ऐतराज ना हो तो बस आपके साथ इस प्रकृति का आनंद लेना चाहता हूं । पागल माली ने उत्तर दिया है कि उसे उसके ठहरने में भला क्या एतराज हो सकता है किंतु इस कुटिया में सुविधा के नाम पर केवल चटाई ही मिल पायेगी , हाथ का एक पंखा है उसे आप ले लेना।

माली ने भोजन तैयार करने में मेरी कोई मदद न ली फिर भी मैंने अपनी तरफ से पूरी कोशिश की कि वह मुझे मेहमान न समझे बल्कि अपना मित्र की माने और किसी भी प्रकार की तकलीफ महसूस ना करें । भोजनोपरांत दोनों अपनी - अपनी चटाई पर लेट गये । दिन भर के सफर की थकान थी , ना जाने कब नींद ने अपनी आगोश में ले लिया पता ही न चला किंतु मध्य रात्रि के पश्चात किसी आहट से अचानक आंखें खुली तो देखा , पागल माली चटाई से गायब था , लेटे - लेटे कुटी की तरफ देखा तो कुटी में दीपक जला हुआ था और कुछ रोने व सुबह सुबकने की मंद - मंद आवाजें आ रही थी जिन्हें ध्यान लगाकर सुना जाए तो स्पष्ट सुनी जा सकती थी । माली बार - बार किसी सुनीता का नाम लिए जा रहा था । मैंने उसके पास जाना उचित नहीं समझा और लेटे-लेटे ही करुण क्रंदन का आनंद लेता रहा । कुछ समयोपरांत स्वप्न सुंदरी का मधुर स्वर कानों में गूँझा , थके हो सो

जाओ । उसका आदेश कैसे टालता , वह आयी और सो गया । सुबह 3:00 बजे नींद में किसी डरावने सपने ने खलल डाला , आंखें खोली तो पागल माली के खर्राटों के शोर के सिवाय सारी प्रकृति शान्त थी । प्रातः 4:30 बजे माली की दिनचर्या प्रारंभ हो गई , मैं भी उसके प्रत्येक कार्य में सहयोग करने का प्रयास करने लगा । मेरे काफ़ी आग्रह पर उसने मेरा सहयोग लेना स्वीकार कर लिया । मेरे मन में रात की घटना उथल - पुथल मचा रही थी । मैं पागल माली से रात के रहस्य को जानना चाहता था किंतु पूछने का साहस न जुटा पा रहा था कि कहीं वह नाराज ना हो जाए । काफी समय इसी उधेड़बुन में लगा रहा , कल मुझे लौटना भी था जो कुछ भी करना था आज ही करना था । मैंने साहस कर उससे पूछा ये दीपक दिन में क्यों जलाकर रखते हों ? माली बोला , क्या इससे आपको कुछ परेशानी है ? मैंने कहा , जी मुझे कोई परेशानी नही , बस यूँ ही पूछ रहा था । सबको इसका जलना दिखायी देता है और मैं जो दिन - रात इसके साथ जल रहा हूँ , मेरी जलन और तपन किसी को दिखायी नही देती । मैं भूखा रहकर भी इसे भरपेट भोजन देता हूँ ।

अपनी - अपनी किस्मत है इसकी किस्मत में रोशनी तो है , मैं तो जलकर भी अंधेरा ही पा रहा हूं । मैंने थोड़ा और साहस किया और इस बार सीधा ही पूछ लिया आपके और दीपक के मध्य ऐसा क्या संबंध है जो तुम इसके सामने आंसू बहा रहे हो ? पागल माली बोला आप इस सब के बारे में जानकर क्या करेंगे आपको दो-चार दिन रहना है शौक से रहिए रात को अपनी चटाई थोड़ी दूरी पर बिछा लेना ताकि तुम्हें कोई असुविधा न हो , मैंने स्पष्ट किया कि मुझे कोई असुविधा नहीं है मगर मैं आपके और इस दीपक के मध्य के सम्बंध के विषय में जानना चाहता हूँ और आपको विश्वास दिलाता हूं कि यह राज आपके और मेरे मध्य ही रहेगा । पागल माली कुछ देर तक मेरे चेहरे को एकटक देखता रहा फिर कुछ सोचकर उसने कहना प्रारंभ किया । अंग्रेजी साहित्य मैं एम . ए और B.Ed करने के पश्चात भी जब नौकरी नहीं मिली तो छोटा सा ट्यूशन सेंटर खोल लिया ।

धीरे - धीरे विद्यार्थी भी आने शुरू हो गए पहले छोटे बच्चे आए फिर बड़े बच्चे आए ज्यादा अच्छा तो नहीं मगर काम चलाओ सेंटर चल निकला । दो वर्ष पश्चात बीए में पढ़ने वाली 6 छात्राओं का बैच बन गया , उनमें एक लड़की थी सुनीता , बड़ी चंचल , सौंदर्य की साक्षात प्रतिमा , जिसकी जबान के साथ - साथ आंखें भी बात करती थी । मुझे न जाने क्या हो गया था पहली नजर में ही दिल दे बैठा किंतु मैंने अपने मन की बात उससे छिपाये रखी । नये विद्यार्थी आते रहे पुराने जाते रहे किंतु सुनीता अब भी कभी - कबार सेंटर पर आ जाती थी । एक दिन जब वह आई तो उसके हाथ में एक पुस्तक थी मैंने उससे कहा कि वह दो दिन के लिए उस पुस्तक को उसे दे दे , वह उसे पढ़ना चाहता है । उसने भी खुशी - खुशी वह पुस्तक मुझे दे दी । पुस्तक तो मैंने क्या पढ़ी किन्तु उसमें एक कागज के टुकड़े पर आई लव यू लिख कर रख दिया । जब वह आई तो कांपते हुए हाथों से वह पुस्तक उसे सौंप दी । इसके पश्चात मुझ पर क्या बीती वह मैं आपको नहीं बता सकता , पूरी रात सो नहीं सका , दो दिन बीत गए मैंने सोचा कि शायद वो उस कागज को ना देख पाई हो किंतु जब वह तीसरे दिन आई और उसने कहा कि यह बदमाशी नहीं चलेगी तो एक पल के लिए तो मेरे पैरों तले की जमीन खिसक गई किंतु तभी अपने आप को संभालते हुए मैंने कहा ऐसी कोई बात नहीं है वह तो बस यूं ही । आपकी घबराहट और डरी - सहमी आंखें सब कुछ बयान कर रही है खैर कोई बात नहीं अभी भी सुधर जाओ । उस दिन के बाद सुधरने की सारी संभावनाएं समाप्त हो गई और हम एक दूसरे के करीब आते गए । पांच वर्ष तक ट्यूशन सेंटर चला उसके पश्चात प्राइमरी विद्यालय में सहायक अध्यापक पद पर मेरी नियुक्ति हो गई । नियुक्ति के पश्चात उसने अपनी तरफ से विवाह का प्रस्ताव रख दिया और हम दोनों ने घरवालों के खिलाफ कोर्ट में शादी कर ली । अच्छी नौकरी थी , सुंदर पत्नी थी किंतु ट्यूशन की लत अभी तक छूटी न थी । सुरेश जब मेरे पास कोचिंग के लिए आया तब हाई स्कूल में पढ़ता था और तब से उसके स्नातकोत्तर करने तक मैंने उसे ट्यूशन दिया था । सुंदर , सुशील , मृदुभाषी व आज्ञाकारी शिष्य था

ऐसे विद्यार्थी से गुरु का लगाव होना स्वाभाविक था उसका मेरे घर आना जाना था गुरु शिष्य के संबंध कम मित्रता में परिवर्तित हो गए पता ही न चला । वह सुनीता को भाभी जी कहकर संबोधित करता था मुझको भैया जी बुलाता था , उस पर मुझे किसी प्रकार का संदेह न था । सुनीता का उसके साथ उठना - बैठना हँस कर बातें करना सब कुछ मुझे स्वाभाविक लगता था किंतु एक रात कुछ ऐसा हुआ जिसे बताने में भी मुझे शर्म आती है । मैं चुपचाप उसकी बातों में खोया था जब उसने विराम लिया तो मैं उसकी दास्तां से बाहर आया और उसे दिलासा देने के लिए कहने लगा अफसोस मत करो , जीवन में न जाने क्या - क्या घटित होता रहता है । उसने कहा सबके जीवन में तो ऐसा नहीं होता , सब सुखी हैं खुशी - खुशी जीवन यापन कर रहे हैं । मैं ही जीवन को ढोये जा रहा हूँ। कुछ समय के अंतराल के पश्चात उस ने कहना शुरू किया , सुनीता का जन्मदिन था सुरेश ने जन्मदिन मनाने की संपूर्ण व्यवस्था की थी उसने होटल में दो कमरे बुक किए एक अपने लिए और एक हम दोनों के लिए , वही केक काटा , जन्मदिन की सारी औपचारिकताएं पूरी करने के पश्चात उसने शराब की बोतल निकाल ली । सुनीता मुझे मधपान करने न देती थी यूं ही कभी - कभी छिप कर पी लेता था किंतु अपने जन्मदिन के अवसर पर उसने कोई एतराज न किया और हम दोनों बैठ कर खाते - पीते रहे । पता नहीं खाते - पीते कब नींद ने अपनी आगोश में ले लिया , आंखें खुली तो सुबह के 2:00 बजे थे , रोशनी की तो कमरे में स्वयं को अकेला पाकर मेरा माथा ठनक गया , मन में संदेह हुआ , सुनीता कहां है ? धीरे से दरवाजा खोला , पास के कमरे में झांक कर देखा तो आँखे पथरा गयी , गिरते - गिरते बचा । अपने कमरे में वापस आया , अच्छा हुआ सुरेश सिगरेट का पैकेट हमारे कमरे में ही छोड़ गया था वरना अकेला विचारों की जंग कैसे लड़ता ? कमरे में सिगरेट का धुआं भरा था और मेरे मन में घृणा की आग जल रही थी , काफी चिंतन के पश्चात शांत रहने में ही भलाई समझी । लगभग 4:00 बजे सुनीता आई और धीरे से मेरे पास लेट गई धुए से उसे बेचैनी हुई , उसने थोड़ा सा दरवाजा खोल दिया किन्तु मुझसे कुछ न कहा , अगले दिन सोते

समय मैंने उसे समझाने की कोशिश की तो वह मुझ पर ही चिल्लाने लगी कि तुम तो मुझ पर शक करते हो , मैं तुम्हारे लिए सब कुछ छोड़ - छाड़ कर आ गई और अब मुझे मेरे प्यार का ये इनाम दे रहे हो । मैंने तो रात की बात का जिक्र भी न किया था और वह मुझ पर आग बबूला हो गई थी ।

मैंने जैसे - तैसे करके अपना स्थानांतरण 100 किलोमीटर दूर एक गांव में करा लिया और पास के शहर में किराए पर रहने लगा । हम दोनों को नए शहर में आए एक सप्ताह भी न बीता था कि सुनीता बोली सुरेश आया था उसने भी इसी शहर के प्राइवेट स्कूल में नौकरी कर ली है , कह रहा था भैया के बिना कहीं मन नहीं लगता । मैंने सुनीता को बहुत समझाने की कोशिश की कि हमें उससे दूर रहना चाहिए मगर वह मेरी बात सुनने को तैयार न थी । मैं उसके प्रेम के समक्ष विवश था , न जाने क्यों मुझे यह महसूस होने लगा था कि यदि मैंने उसके साथ सख्ती की तो वह मुझे छोड़ कर चली जाएगी और उसके बिना मेरा जीवन असंभव था । मुझे उसके चले जाने का डर सताने लगा था , उसके बिना मुझे मेरा जीवन अन्धकारमय प्रतीत होने लगा था । मैं जानता था कि वह मेरे साथ गलत कर रही है मगर प्रेम बस या स्वार्थ बस मैं उसका विरोध नहीं कर पाता था । जब पड़ोसी उसकी बेवफाई के लिए मुझे जलील करने लगे तो मेरी खुद्दारी उससे सवाल करने लगी , अंत में तीनों ने इस समस्या का समाधान निकालने में ही समझदारी समझी ।

सुरेश हमारी जिंदगी से जाने के लिए सहमत हो गया और उसके लिए बाकायदा एक दिन निश्चित किया गया । छुट्टी के दिन हम तीनों पूरे दिन यहाँ से वहाँ , न जाने कहाँ - कहाँ सुरेश की कार में घूमते फिरते रहे । जब सूरज अपने घर जाने की तैयारी करने लगा तो मैंने सुरेश से शहर लौटने के लिए कहा किंतु उसने मदिरा की बोतल निकाल ली जिससे शरमाकर मेरी जबान भी मुंह में छुप गई , मदहोशी की आगोश में ऐसा सोया कि स्वयं को एक अंधेरे कूप में

पाया । दो दिन तक भूखा मौत से संघर्ष करता रहा तीसरे दिन गांव के लोगों ने कुएं से निकालकर सरकारी अस्पताल में भर्ती करा दिया । उन्होंने मेरे घर - परिवार के बारे में पूछा तो स्वयं को सबकी नजरों से छुपा लिया । लोग पागल समझने लगे और मैं सचमुच का पागल हो गया , यह पागलपन नहीं तो और क्या है जिसने मुझे मौत दी , उसी को आज तक कलेजे से लगा रखा है । अच्छा है ईश्वर ने पैरों पर पाबंदी लगा दी वरना इस शरीर को न जाने कितनी ठोकने खानी पड़ती है । मेरी जीवन में रोशनी बन कर आई थी , वह ऐसी तो नहीं थी , पता नहीं सुरेश ने ही उसके ऊपर क्या जादू - टोना कर दिया था ।

नौकरी छोड़ दी , घर बार छोड़ दिया , हर रिश्तेदार छोड़ दिया । सोचता था शायद पैरों की भेंट देकर जिन्दगी की भटकन से मुक्ति मिल गयी किन्तु मैं मन को उसके प्रेम जाल से मुक्त न कर सका । उसकी याद आती है , बहुत याद आती है , उसके नाम का ये चराग़ जला लेता हूँ और इससे ही बाते कर लिया करता हूँ । जब ये प्रसन्न प्रतीत होता है तो मुस्करा लेता हूँ जब गमगीन लगता है तो अश्क बहाकर दिल को तसल्ली दे लेता हूँ ।

पागल माली ने मेरी आँखे नम देखी तो बोला , ' भाई तुम क्यों दुखी होते हो ' मैंने बस इतना कहा , मैं तुम्हारी तरह देवता थोड़े ही हूँ मुझे तो पीड़ा होती है । मैंने चाहा पागल माली को अपने साथ ले चलूँ किंतु वह मेरी काफी अनुनय - विनय के पश्चात भी अपनी बगिया छोड़ने को राजी न हुआ तो अगले दिन बड़ी मुश्किल से उसकी वाटिका से विदाई ले पाया किंतु उसका प्रणय दीप आज भी दिल में प्रज्वलित है ।

खान चन्द विकल।

10
अपनापन

निर्मलकांत मजूमदार से मेरी पहली मुलाकात एक प्राइवेट स्कूल में हुई थी | वे इस विद्यालय में कब से पढ़ा रहे थे , ये तो मुझे

ज्ञात नही मगर जब से उनसे मुलाकात हुई तब से उन्होंने मेरे दिल में अपना रिजर्वेशन कर लिया था | वे धार्मिक प्रवृति के , पचपन वर्षीय, साँवले रंग के , सवा पांच फुट के , कर्तव्यनिष्ठ व अध्ययनशील अध्यापक थे | मैंने पहलीबार किसी स्कूल में पढाना प्रारम्भ किया था | मैं उनसे लगभग पन्द्रह वर्ष छोटा था | आयु में पन्द्रह वर्ष का अंतर यूँ तो बहुत होता है किन्तु विचारो की समानता ने इस अंतर को बहुत कम कर दिया था और शीघ्र ही हम दोनों अच्छे मित्र बन गये थे | यूँ तो दोनों की प्रवृतियों में जमीन – आसमान का अंतर था क्योंकि वे अव्वल दर्जे के आस्तिक व धार्मिक और मैं धर्म की दीवार को फांद कर , नास्तिकता के दरवाजे पर दस्तख दे रहा था | हम दोनों ही दोस्ती की उम्र को पार कर चुके थे|

एक उम्र के पश्चात् मित्रता करना आसान नहीं होता | बचपन से किशोरावस्था तक जहाँ नये – नये मित्रों की आमद से दिल के गुलशन में बहार आयी रहती है वही युवावस्था में मित्रों की छटनी शुरू हो जाती है | ब्रह्मचर्य आश्रम जहाँ मित्रों से भरा रहता है वही ग्रहस्थ आश्रम में प्रवेश करते ही व्यक्ति वैरागी हो जाता है | पुरानी दुनिया को छोड़कर पूरी तरह एक नई दुनिया में खो जाता है |

विद्यालय में वे अपने काम में व्यस्त रहते थे और मैं इस नई दुनिया में स्वयं का सामंजस्य बैठाने का प्रयास कर रहा था | स्कूल की छोटी – छोटी मुलाकाते कब मित्रता में तब्दील हो गयी , पता ही नहीं चला | मैं कभी – कभी उनके घर भी जाने लगा , धीरे – धीरे मित्रता में प्रगाढ़ता और प्रौढ़ता आने लगी | सत्र समाप्ति पर मैंने विद्यालय से त्याग पत्र दे दिया और उन्होंने भी दूसरे स्कूल में अध्यापन का मन बना लिया |

मैंने अपना ट्यूशन सेंटर खोल लिया और पूरी तरह स्वयं को उसी को समर्पित कर दिया | अब मुलाकाते कम होने लगी | वे दो बजे तक स्कूल में पढ़ाते थे और उसके बाद रात तक ट्यूशन पढ़ाते थे | हमारी मुलाकातों में समयाभाव अवश्य था किन्तु एक – दूसरे के प्रति

आकर्षण बरकरार था |

एक दिन वे मेरे सेंटर पर आये और मुझसे पूछने लगे कि कैसा काम चल रहा है ? मैंने सच्चाई उनके समक्ष रख दी कि कुछ ख़ास नहीं | उन्होंने मुझे बताया कि वे जिस स्कूल में पढ़ाते है उसमे प्रधान अध्यापक की जगह खाली है यदि मैं चाहूँ तो उसमे प्रयास कर के देख लूँ |

अगले दिन स्कूल की छुट्टी के पश्चात् जब मैं विद्यालय पहुँचा तो ये स्कूल मालिक से मेरी तारीफ़ कर रहे थे | इन्होने मालिक से मेरा परिचय कराया और उसके दिमाग में मेरी बहुत अच्छी छवि अंकित कर दी | इनका प्रयास सफल हुआ , इन्होने अपनी मित्रता का फर्ज निभाया तो मुझे भी मेरा कर्तव्य याद आया | मैंने प्रधान अध्यापक की कुर्सी के पास , एक अतिरिक्त कुर्सी डलवाकर , इनके बैठने की व्यवस्था कर दी | मेरी तरफ़ से सदैव उन्हें वह आदर व सम्मान दिया गया जिसके वे हकदार थे | मजुमदार जी कितने पढ़े लिखे थे ये तो मुझे मालूम नहीं , हाँ , कक्षा आठ तक के हर विषय पर उनकी अच्छी पकड़ थी | ये पकड़ इतनी मजबूत थी कि विधार्थी उन्हें सबसे अधिक पसंद करते थे | उनके पास घर पर पढने वाले विधार्थियों का भी अभाव न था | मेरी द्रष्टि में वे सर्वगुण सम्पन्न शिक्षक थे | वे समाजशास्त्र व मनोविज्ञान के साथ – साथ अध्यात्म और दर्शन जैसे विषयों पर भी अच्छी समझ रखते थे | मृदु भाषी होने के साथ – साथ उनके चेहरे पर खेलती मोहक मुस्कान व उच्चारण में बंगाली पुट , अपरिचित को भी अनायास आकर्षित कर लेता था | मेरा झुकाव सदैव उनकी तरफ रहा | काम की अधिकता के साथ उनका शरीर सामंजस्य न बैठा सका और वे बीमार रहने लगे | प्राइवेट स्कूल और बीमार शिक्षक का साथ कब तक रह सकता है ? स्कूल मालिक ने मेरे ऊपर दबाब बढ़ाना शुरू किया , मैंने जहाँ तक मुझसे हो सका उनका साथ दिया , अंततः रोज – रोज के व्यंग्य बाणों से आहत होकर उन्होंने विद्यालय छोड़ दिया |

अक्सर हम दोनों एक – दूसरे से मिलते रहते थे | मेरे समक्ष कोई भी समस्या होती तो मैं उनसे अवश्य परामर्श लेता | वे घर पर ही ट्यूशन पढ़ाते थे , मैंने उन्हें सुझाव दिया कि वे किसी अन्य विद्यालय में पढ़ा ले क्योंकि निजी स्कूल के विद्यार्थी , अपने विद्यालय में पढ़ाने वाले शिक्षक से ही ट्यूशन पढ़ते है | उनके पास निरंतर विधार्थियों की संख्या घट रही थी किन्तु अब वे किसी विद्यालय में पढ़ाना न चाहते थे | जब मैंने उनसे कहा कि मैं उन्हें एक जान – पहिचान के विद्यालय में लगा सकता हूँ तो वे बोले अब वे मेरे बिना किसी विद्यालय में न पढ़ा पाएंगे |

एक दिन मजूमदार जी ने मुझसे कहा कि मैं उनके साथ दिल्ली घुमने चलूँ | हालाँकि घूमने में मेरी विशेष रूचि न थी परन्तु उनके प्रस्ताव को ठुकरा न सकता था |

अगले दिन प्रातः हम दोनों बस में बैठकर , घूमने के लिए चल दिए | घूमते – घूमते जब शाम के चार बज गये तो , चांदनी चौक में एक पार्क में आकर बैठ गये | पार्क में न जाने उनकी आँखे क्या खोज रही थी , वे मुझसे बातें नहीं कर रहे थे और अब मुझे बोरियत महसूस हो रही थी | मैं शीघ्र घर लौटना चाहता था | चिंता के चिन्ह उनके चेहरे पर स्पष्ट दिखाई दे रहे थे | मैंने ख़ामोशी तोड़ते हुए , उनसे वापस चलने के लिए कहा , उन्होंने मेरी तरफ थकी नजरो से इस प्रकार देखा जैसे गहरी नींद से जागे हो | धीरे से बोले बैठो , अभी चलते है , जल्दी क्या है ? मैं हर वर्ष इस पार्क में आता हूँ | यह पहला अवसर है जब अकेला न होकर तुम्हारे साथ हूँ , मैं तुम्हे स्वयं से अलग नहीं कर पाता हूँ | मैंने उनसे पूछा कि आखिर ऐसा इस पार्क में क्या है जो प्रति वर्ष उन्हें यहाँ ले आता है ? कुछ पल की ख़ामोशी के बाद उन्होंने कहना शुरू किया |

" मैं पूर्वी पकिस्तान से , अपने पिताजी के साथ भारत आया था | आज भी उस दिन को याद करता हूँ तो दिल कांपने लगता है | ये उस समय की बात है जब पूर्वी पाकिस्तान , बंगलादेश न बना था

किन्तु चारो तरफ अफरा – तफरी का माहौल था | किसी भी वक्त कुछ भी हो सकता था | मुझे अपनी माँ , बीमार पिता , बहिन , पत्नी और छोटे भाई के साथ अपना घर छोड़ना पड़ा था | घर छोड़ने का दर्द आज तक इस दिल से बाहर न निकल सका | सरकार ने उत्तर प्रदेश के जिला बिजनौर में एक बंगाली बस्ती बसा कर वहां हमें पुनस्थार्पित कर दिया | हमें जोत की कुछ जमीन भी दी गयी | बाकी सब तो ठीक था परन्तु पिताजी की हालत बहुत ख़राब थी और धन दगा दे चुका था | निजी अस्पतालों की चिकित्सा पूरी तरह कंगाल कर चुकी थी और बीमारी थी कि टस से मस न हो रही थी नये पड़ोसियों ने दिल्ली के सफ़दरजंग अस्पताल में दिखाने की सलाह दी | माँ बोली कि बेटा , इन्हें दिल्ली ही ले जाओ | थोड़े से पैसे और जरूरत का सामान एक थैले में रखकर मैं सफ़दरजंग अस्पताल आ गया | तीन दिन तक जाँच – पड़ताल चलती रही चौथे दिन डाक्टरों ने बताया कि इन्हें कैंसर है और वह भी अंतिम अवस्था में प्रवेश कर चुका है किसी भी क्षण कुछ भी हो सकता है | कुछ दवाई देकर , उन्होंने वहाँ से छुट्टी कर दी | मैंने चिकित्सको से काफी अनुनय विनय की , किन्तु उनकी जिद्द के आगे परास्त हो गया | मैं पिताजी को लेकर इस पार्क में आकर , सोचने लगा कि अब क्या करू ? इन्हें लेकर कहाँ जाऊ ? घंटो असमंजस की स्थिति में बैठा रहा | कुछ इरादा करके मैंने अचेतन पिताजी को जगाने का प्रयास किया किन्तु पंछी पिंजरे को छोड़ कर , उड़ चुका था और पिंजरा हरी घास पर शांत पड़ा था |

धन का महत्व व्यक्ति को तब पता चलता है जब वह उसके पास नहीं होता है | मुझे पता था कि मेरी जेब खाली है तब भी हाथ बार – बार जेब में जाता था , मन में शायद किसी चमत्कार की उम्मीद थी| ईश्वर से विश्वास उठता जा रहा था | जब विपत्ति पर विपत्ती आने लगती है तो भगवान हमें निष्ठुर प्रतीत होने लगते है |

सूर्य अपनी संध्याकालीन लालिमा समेटने की तैयारी कर रहा था और मैं पिताजी के मृत शरीर के पास बैठा , भीगी आँखों से चिंतामग्न

था| दिल्ली में मेरी जान – पहिचान का कोई न था जिसे अपनी विपदा सुनाकर सहायता की याचना करता | मन बार – बार करता था कि मैं भी पिताजी के साथ ही इस संसार चक्र से मुक्त हो जाऊ | मैं पिताजी को अपनी गोद में लिए घंटो रोता रहा | मैं उन्हें कैसे छोड़ सकता था हालाँकि वे मुझे छोड़ कर जा चुके थे | मैं आँखें बंद कर अपने पिताजी की स्मृतियो में खोया था तभी एक अजनबी हाथ ने मेरे सिर को सहलाया | आँखें खोली तो देखा कि एक पचास वर्षीय शख्स , सफेद धोती – कुर्ता पहने हुए सामने खड़ा था | वह मुझे कहानियों का फ़रिश्ता सा प्रतीत हुआ | वह मेरे बिना कुछ कहे ही सब कुछ समझ गया | उसने मेरे साथ सहानुभूति दिखाई और आस – पास के लोगो को इकटठा कर पार्क में ले आया | उन सभी से उसने धन इकटठा कर मुझे दिया और वे सभी मेरे साथ मृत पिताजी को लेकर निगम बोध घाट पर गये और दाह – संस्कार के पश्चात् ही लौटे | मेरे लिए वह शख्स सचमुच फ़रिश्ता बन कर आया था | दाह – संस्कार के भुगतान के पश्चात् भी मेरे पास ढाई सो रूपये शेष थे | मेरा मुँह और मन उस क्षेत्र के पार्षद को उसकी सहानुभूति और सहायता के लिए बार – बार शुक्रिया कह रहा था | उन्होंने जाते समय मुझसे कहा कि मैं सुबह उनके यहाँ खाना खाकर जाऊ किन्तु मेरा चित्त पिताजी की मृत्यु के कारण व्यथित था | मैं भूखा – प्यासा पिताजी की चिता के पास बैठा चिंता की अग्नि में जल रहा था |

सुबह – सुबह पिताजी की भस्मी से अस्थिया बटोर कर थैले में भरी और बिजनौर की बस में बैठ गया | चित्त अशांत था , माताजी से क्या कहूँगा , मैं मृत शरीर भी दर्शन हेतु उनके पास न लेजा सका | रिश्तेदार और घर परिवार वाले जाने क्या सोचेंगे ? यदि मैं विवेक से काम लेता तो उन्हें अलग वाहन में ले जा सकता था किन्तु तब मुझे ये थोड़े ही पता था कि मेरे पास ढाई सो रूपये , दाह – संस्कार के बाद भी बच जायेंगे | फिर उन लोगो से कैसे कहता कि मैं पिताजी के शव को अपने घर ले जाना चाहता हूँ ? न जाने वे मेरे बारे में क्या सोचते ? पूरे रास्ते , मैं अकेला , कितने ही विचारों से लड़ता हुआ घर

पहुँचा | माताजी दौड़ी – दौड़ी मेरे पास आयी और बोली तेरे बापू का है ? मैंने उत्तर दिया कि थैले में और दोनों सुबक – सुबक कर रो पड़े | कई दिनों तक घर में मातम छाया रहा |

मैंने दस वर्ष तक कृषि कार्य किया और गाँव के ही एक स्कूल में पढ़ाने लगा | जब छोटे भाई ने दसवीं की परीक्षा पास कर ली तो उसे मैंने प्राथमिक अध्यापक का प्रशिक्षण दिला दिया | अब बस छोटे भाई की नौकरी का इन्तजार था , सोचता था कि भाई की नौकरी के बाद उनके कष्टों का अंत हो जायेगा | मैं तो आर्थिक तंगी के रहते दसवीं का इम्तहान ही न दे सका था | कुछ दिनों पश्चात् छोटे भाई की नौकरी लग गयी तो मैं उसकी तरफ से चिंता मुक्त होकर , अपने परिवार के साथ यहाँ आ गया और प्राइवेट स्कूल व ट्यूशन पढ़ा कर अपनी आजीविका चलाने लगा | माताजी के देहांत के पश्चात गाँव में जाना कम होने लगा | छोटा भाई सम्पन्नता की तरफ बढ़ता गया और मैं अभावों से संघर्ष करता गया |

धन की अधिकता दरिद्रता के अतीत को भुला देती है , उसने शराब पीना प्रारम्भ कर दिया , धीरे – धीरे उसे इस व्याधि की लत लग गयी | शराब का सेवन बढ़ा तो वह अहसान फरामोश हो गया | अब वह मुझसे बात करने में भी अपनी तौहीन समझता है |

अब मेरा यहाँ रहना भी मुश्किल है | स्कूल छोड़ने के कारण , ट्यूशन का काम भी कम होता जा रहा है , इधर बीमारी का खर्चा बढ़ता जा रहा है , सोचता हूँ मकान बेचकर अपने गाँव ही चला जाऊ | पुत्र और पुत्री के विवाह की जिम्मेदारी से मुक्त हो ही चुका हूँ |

तकरीबन , रात्रि नौ बजे हम दोनों अपने – अपने गन्तव्य पर पहुंचे | उस रात मेरी आँखों से नींद कोसो दूर थी | जिस शख्स को मैं बहुत पढ़ा – लिखा समझता था वह महज नौवीं पास था किन्तु उसकी शिक्षण – साधना स्नातक से कम न थी | वे अपना मकान बेचकर अपने गाँव चले गये परन्तु मेरी और उनकी मित्रता उस दिन

के पश्चात् और प्रगाढ़ हो गयी |

11

मंत्रोपचार

प्रातः छः बजे से पूर्णिमा को उल्टी – दस्त थे | उसकी माँ कलावती ओषधियों से ज्यादा टोना – टोटका में विश्वास करती थी | उसने तुरंत बाबा चण्डीदास पर बुलावा भेजा , वे उसे अपनी शिष्या मानते थे | कलावती भी उनका गुरु की ही तरह सम्मान करती थी | वे दोड़े – दोड़े आये और पूर्णिमा को भभूत देते हुए बोले , बेटा इसे चाटने से तेरे कष्टों का तुरंत अंत हो जायेगा | पूर्णिमा ने भभूत चाट कर जल ग्रहण किया तो उसे तुरंत उल्टी हो गयी | अब तो बाबा

सोच में पड़ गये , कुछ देर सोचकर बोले , अरी पगली इस प्रेत के चक्कर में तू कैसे आ गयी ? क्या तू काले पीर की तरफ गयी थी पूर्णिमा ने सहमति में सिर हिलाया तो बाबा की हिम्मत और बढ़ गयी , वे बोले ये प्रेत दस हजार से कम में नहीं मानेगा , हरामखोर बड़ा ही लालची है , इसकी रग – रग में लालच कूट – कूट कर भरा है , अरी तू इसकी लगती ही क्या है ये अपनी माँ को ना छोड़े ? इससे खतरनाक प्रेत मैंने आजतक नहीं देखा | खैर तू चिंता ना कर , कलावती तू दस हजार रुपयों का इंतजाम कर , मै इसे भगाने का प्रबन्ध करता हूँ | ठगिया कही का , अपने आप को बहुत चालाक समझता है , अभी तक इसका पाला ऐरे – गैरे बाबाओं से पड़ा है , आज इसे पता चल जायेगा कि बाबा चण्डीदास क्या चीज है ?

कलावती के लिए दस हजार रूपये जुटाना कोई सरल कार्य न था , वह सोच में पड़ गयी | बाबा ने शिष्या को संकट में देखा तो उसकी इस समस्या का समाधान भी सुझा दिया , वे उससे बोले यदि घर में पैसे नहीं है तो तेरे पास जेवर तो होगा , देर मत कर वही बेच डाल , किसी तरह इस शैतान के चंगुल से बिटिया को निकाल |

कलावती ने अपने जेवर सुनार के पास गिरवी रख दिए और दस हजार रूपये बाबा चण्डीदास को सौंपते हुए बोली , बाबा जैसे भी बचे , मेरी बेटी को बचालो | बाबा बोले अब तू चिंता मत कर और सामान की सूची थमाते हुए अपने शिष्य दुर्गादास से बोले , जा जल्दी से हवन का सारा सामान ले आ |

सुबह दस बजे कलावती के घर में पिशाच नाशक यज्ञ प्रारम्भ हो गया| थाली , चिमटा और चण्डीदास के मंत्रो का शोर पूरी बस्ती में गूंझने लगा | मोहल्लेवाले कलावती के घर इकट्ठे हो गये | चण्डीदास के शिष्य मंत्रोपचार में अपने गुरु का भरपूर सहयोग कर रहे थे ,हवन सामग्री की आहुति के धुए से समस्त वातावरण सुगंधित हो गया था| उस यज्ञ में बाबा ने न जाने कितने झूठे – सच्चे मंत्रो को स्वाहा किया किन्तु अभी तक पीड़ित को कोई आराम न था | यूँ तो उस

धुए की घुटन में पल भर ठहरना भी मुहाल था मगर भक्तजन उस धुए के नशे में मस्त थे | जिस प्रकार भांग से भरी चिलम के धुए को जितना अन्दर खींचा जाता है उतना ही वह धुँआ नशेड़ी व्यक्ति की व्यथा को धुँआ – धुँआ कर देता है उसी प्रकार हवनकुंड का धुँआ भक्तों को मदहोश किये था | सायं पांच बजे तक न जाने कितनी बार प्रेत को धमकाया गया , भस्म करने का खौफ दिखाया गया , उसे लालच दिया , एक मुर्गे की कुर्बानी दी और देशी दारु भी पिलायी | अन्त में सायं छः बजे बाबा चण्डीदास ने घोषणा कर दी कि उसने प्रेत को बोतल में बंद कर दिया है और वह उसे जमीन में गाड़ देगा | अब पूर्णिमा के जीवन को कोई खतरा नहीं है | बाबा ने कलावती को मशवरा दिया कि अब वह चिकित्सक को बुला कर पूर्णिमा के उल्टी – दस्त का उपचार कराये अब उसके ईलाज में कोई बाधा नहीं आएगी | प्रेत को साथ लेकर बाबा चण्डीदास अपने बाग़ में आ गये किन्तु उल्टी – दस्त ने पूर्णिमा का पीछा न छोड़ा बल्कि बीमारी की भयंकरता बढती गयी |

अब कलावती ने डॉ. जयपाल सिंह बुलाये , उन्होंने पूर्णिमा की बिगड़ती हुई हालत देखी तो उसे शहर ले जाकर बड़े डॉ. साहब को दिखाने का परामर्श दिया | कलावती बोली कि पूर्णिमा के पिताजी घंटे – दो घंटे में आ जायेंगे , वह तब तक के लिए कुछ रोक – थाम कर दे | यूँ तो डॉ. जयपाल सिंह इस बिगड़े केस में हाथ न डालना चाहते थे किन्तु जब पड़ोसियों ने भी जोर दिया कि वह कुछ तो रोक थाम करे तो वे गहरी सोच में पड़ गये | अंत में सोच – विचार के बाद बोले कि मैं उल्टी – दस्त तो ठीक कर दूंगा किन्तु इसके शरीर में पानी की काफी कमी हो चुकी है और मेरे पास ग्लूकोज की बोतल नहीं है | ऐसा न हो कि तुम शहर न जाओ और निर्जलीकरण के कारण ------------| कलावती ने आश्वासन दिया कि वह पूर्णिमा के पिता के आते ही उसे शहर ले जायेगी | डॉ. जयपाल सिंह ने दो टीके लगाकर और कुछ गोलिया देते हुए कहा कि प्यास लगने पर सिर्फ नमक और शर्करा मिश्रित घोल ही पिलाना है और शीघ्र से शीघ्र शहर ले जाकर

बड़े डॉ. साहब को दिखाना है | जब आधे घंटे तक उसे न उल्टी हुई न दस्त तो डॉ. जयपाल सिंह वहाँ से चले गये |

रात युवावस्था की ओर बढ़ने लगी , सूरज ने अपने प्रकाश की पोटली बाँध ली और पश्चिम में , पहाड़ो के पीछे अपनी गुफा में जा कर छिप गया | पृथ्वी के पूर्वांचल में निशा का साम्राज्य स्थापित हो गया|

पूर्णिमा के पिताजी अक्सर आठ बजे तक घर आ जाते थे किन्तु जब वे नौ बजे तक भी न आये तो कलावती ने उनके आने की आस छोड़ दी | पूर्णिमा की हालत में सुधार देखकर उसने शहर जाने का विचार छोड़ दिया | उसे खतरे के टल जाने का पूर्ण विश्वास था क्योंकि बाबा चण्डीदास प्रेत को अपने साथ ले जा चुके थे और अब उल्टी – दस्त भी ठीक थे |

पूर्णिमा हर आधे घंटे पर पानी मांगती थी और उसकी माँ उसे थोड़ा – थोड़ा नमक व शर्करा मिश्रित जल पिला देती थी | समस्त संसृति सुख की नींद में सो चुकी थी , पूर्णिमा की आँखों में भी नींद भरी थी किन्तु उसके तन में एक अजीब सी बेचैनी थी जो उसे सोने न देती थी | ये कैसी अनबुझ प्यास थी जो सेकड़ो बार जल पीने पश्चात् भी बुझ न पाती थी | वह इस प्यास पर असफल नियंत्रण करने का प्रयास कर रही थी | उसकी माँ चैन की नींद सोई थी , यूँ भी उसने सारे दिन भागदौड़ की थी और अब वह उसे परेशान न करना चाहती थी | वह स्वपनों की ठंडक से प्यास को बहलाने का प्रयास कर रही थी किन्तु प्यास पर नियंत्रण करते – करते न सिर्फ उसके ओठ सूख रहे थे बल्कि उसके सारे शरीर में शिथिलता का साम्राज्य स्थापित हो गया था | अब उससे सब्र न हो रहा था , शरीर के समस्त अवयवों ने मिलकर एक सुर में घोषणा कर दी कि अब ठंडक भरे स्वप्नों से काम न चलेगा , अब वे और उसके बहकावे में न आयेंगे , अब उनके लिए जल नितान्त आवश्यक है | यदि उन्हें जल न मिला तो वे इस घर को छोड़ जायेंगे | उसने शरीर की समस्त शक्ति को जुटाकर उठने की

कोशिश की | बड़ी मुश्किल से वह चारपाई से नीचे उतरी और पानी से भरी बाल्टी में से लोटा भर कर , वह पानी पीने लगी , वह इस प्यास को पूरी तरह बुझा लेना चाहती थी , उसने दो लोटा पानी पीया और जैसे ही चारपाई की तरफ मुड़ी , उसका सिर चकरा गया और बेसुध होकर , धड़ाम से जमीन पर गिर पड़ी | गिरने का शोर सुनकर , घबरा कर कलावती उठी , पूर्णिमा की हालत देखकर उसकी चींख निकल गयी | रोने की आवाज सुनकर , पड़ोसी दौड़े – दौड़े आये | डॉ. जयपाल सिंह को बुलाया गया किन्तु पूर्णिमा की हालत देखकर उन्हें ओषधि देने का साहस न हुआ | वे एक परिचित के घर से स्कूटर मांग लाये और जैसे ही पूर्णिमा को स्कूटर पर बैठाने के लिये उठाने की कोशिश की वह इस फानी जहाँ से ही उठ गयी | रूह , शरीर को त्याग कर अनन्त में विलीन हो गयी और जमीन पर पड़ा रह गया बेजान शरीर | सारी रात रोना – धोना चलता रहा | गाँव की औरतें रोती जाती और बीच – बीच में व्यंग के तीर छोड़ती जाती| कोई कहती ये भूत – प्रेत अपने शिकार को किसी भी कीमत पर नहीं छोड़ते जिस पर इनका दिल आ जाता है उसे अपने साथ ले ही जाते है | कोई इसे कर्मो का फल बताती , कोई कहती समय रहते शहर चली जाती तो फूल सी बेटी को न खोती | पुरुष भी तरह – तरह की चर्चा करते , कुछ भूत – प्रेत को सिर्फ भ्रम बताते , कुछ उन्हें भटकती हुई आत्माये बताते , जितने मुँह उतनी बाते | एकाध ने डॉ. जयपाल सिंह की गलती भी बतायी कि इसे पूर्णिमा को दवाई ही न देनी चाहिए थी क्या पता है इसी की दवाई रिएक्शन कर गयी हो | सूर्योदय पूर्व ही पूर्णिमा के पिताजी , ड्यूटी से घर पहुँचे | अपनी बेटी की अकस्मात मृत्यु का समाचार सुनकर , उनके पैरों तले से जमीन ख़िसक गयी और बेटी की मृत देह से लिपट कर फूट – फूट कर रोने लगे | वे रोते जाते थे और कलावती को कोसते जाते थे | कलावती को भी अब अपनी भूल का अहसास हो गया था | वह पागल सी हो गयी और बाबा चण्डीदास के बाग़ की और दौड़ी | चण्डीदास अभी तक नशे में था , आहट से घबरा कर उसने लाल – लाल ऑंखें खोली | सामने रोती हुई कलावती को देखकर बोला , क्या हुआ बेटी ? कलावती ने जबाब देने के बजाय लेटे

हुए बाबा पर चाकू से वॉर कर दिया | बाबा पूछते ही रह गये क्या हुआ बेटी ? वह तब तक वार करती रही जब तक बाबा की आवाज शांत न हो गयी | जब तक गाँव के लोग बाबा के बाग़ में पहुचे तब तक वह पूर्णिमा के पास जा चुका था और कलावती हाथ में खंजर लिए हँस रही थी |

12
निष्प्राण प्रेम

साध्वी निर्मला देवी के आश्रम में पुरुषों का प्रवेश वर्जित था । वह अपने आश्रम में आने वाली महिलाओं को प्रेम की शिक्षा तो देती थी किंतु 'प्रीत न करियो कोय ' नामक ' गीत सुनाकर विपरीत लिंगी प्रेम से सावधान भी करते थी । उसके प्रेम संदेश में स्थायित्व न था वह कभी ईश्वरीय प्रेम की बात करती थी तो कभी प्रकृति प्रेम की पक्षधर दिखाई देती थी , कभी - कभी ऐसा प्रतीत होता था कि वह संसार से विरक्त है कभी सांसारिक महिला की तरह अपने बिछड़े प्रीतम की याद में खोई सी प्रतीत होती थी , कभी प्रेम जोगन बन कर प्रेम के गीत गाती थी तो कभी विरह के गीतों पर अश्क बहाती थी , कभी उसकी बातें मुरझाए चेहरों की मुस्कान बन जाती थी , कभी वह अपने प्रवचनों से श्रोताओं को गम के अथाह सागर से खुशी और उत्साह के किनारे पर ले आती थी । अपनी शिष्याओं के लिए वह ज्ञान , संस्कार , सुख व शान्ति का दीप थी । वह उनके लिए लौकिक व पारलौकिक ज्ञान का श्रोत थी , वह धीरे - धीरे मुस्कुराती थी तो हजारों चेहरों पर मुस्कान और होठों पर गुलाब खिल जाते थे ।

पचास वर्ष से अधिक हो चुके थे यही आश्रम निर्मला देवी का आश्रय स्थल बना था , जब यहां आकर उसने आश्रम की स्थापना की थी तो उसकी उम्र तकरीबन 20 - 22 साल की रही होगी तब लोग उसके बारे में बहुत कुछ जानने के इच्छुक थे , सालों सवालों पर मौन की चादर पड़ी रही किंतु इस चादर में एक भी सुराख न हुआ था , हार कर लोगों ने उससे उसके बारे में प्रश्न पूछने बंद कर दिए तब कहीं उसे अर्ध मानसिक शांति मिली थी । इन 50 वर्षों में वह दिन - रात अतीत की स्मृतियों से जंग करती रही , कभी हारती थी तो कभी - कभी जीत का एहसास करती । सखी - सहेली , पड़ोसी , माता - पिता , भाई - बहन और ना जाने किस - किस से सम्बन्ध तोड़कर उसने सन्यासिन का जीवन प्रारंभ किया था । एक छोटी सी भूल के कारण जीवन भर का बनवास लिया था । जंग करने के लिए तन - मन दोनों का स्वस्थ रहना भी तो जरूरी है , विचारों की जंग में भले ही रक्त का सैलाब दिखाई ना दे किंतु यह जंग भी मैदानी जंग से कम खतरनाक

तो नहीं है , वहाँ कम से कम कोई दुश्मन तो मुकाबिल में होता है यहाँ तो अपने आप से जंग लड़नी पड़ती है , हर पल , पल - पल की जंग । अब निर्मला देवी को महसूस हो रहा था कि अपने दुख को किसी के समक्ष व्यक्त कर , मन के विचारों की जंग में शान्ति स्थापित कर लेती तो शायद वह शुकुन से जी पाती । निर्मला देवी को पूर्णिमा पर सबसे ज्यादा विश्वास था फिर भी उसने उसे साफ साफ कह दिया था कि वह कभी भी उसके बारे में जानने का प्रयास कर , अपने संबंध के वृक्ष की जड़ों में मट्ठा डालने का काम न करें । यूँ तो दोनों ही प्रेम पीड़िता थे और निर्मला देवी सांसारिक विषयों से निजात पाने के लिए संघर्षरत थी । एक रात निर्मला देवी की आंखों से नींद आँख मिचौली कर रही थी लगता था अभी नींद आएगी , पल भर के लिए वह आती भी थी किंतु इधर पलकें झपक भी न पाती थी और उधर आंखों के आगे किसी का चेहरा आता और वह आँख खोलकर पुकार उठती 'पंडित जी आ गए ' । साहस कर पूर्णिमा ने पूछ ही लिया 'दीदी क्या बात है आज नींद नहीं आ रही किस पंडित जी की याद में खोई हुई हो ? ' आज निर्मला देवी गुस्से के स्थान पर केवल मुस्कुरा दी और पूर्णिमा से बोली तुम्हारी नींद कहाँ है तुम क्यों जाग रही हो ? पूर्णिमा ने सिर्फ इतना ही कहा तुम विकल हो तो मुझे कैसे नींद आ सकती है ? पूर्णिमा के प्रेम भरे शब्दों के साथ ही उसकी आंखों से अश्रुओं का एक छोटा सा झरना फूट पड़ा और उसके हाथ निर्मला देवी के सिर को सहलाने लगे । इतना अपनत्व और प्यार के व्यवहार ने निर्मला देवी के अतीत के सागर में हलचल मचा दी , वह बोली पूर्णिमा आज मन कुछ ठीक नहीं है , चल कुछ बातें करें । आज पूर्णिमा ने फिर हल्की मुस्कान के साथ कुछ संकेतों से और कुछ शब्दों से कह दिया , ' दीदी क्या बातें करें ' अपने बारे में कभी कुछ बताती नहीं , ना जाने किस पंडित जी का नाम लेकर सपनों में कहाँ की सैर करती हो । तुम मुझे सच्ची शिष्या मानती तो क्या यूँ तड़फती रहती और मुझे अपनी पीड़ा को बांटने का अवसर न देती । निर्मला देवी उसकी बातों से द्रवित हो गयी उसकी आँखों से आँसू छलक पड़े । वह सुबकती हुई बोली , पूर्णिमा तुम नहीं समझ सकती मैं तुमसे कितना प्यार करती हूं मगर

किसी से किया वायदा होठों को सी देता है , उम्र के इस पड़ाव पर उस वचन को तोड़ना नहीं चाहती हालांकि वह जिंदगी के लिए नासूर बन गया है । सोचती हूं अब अगर इस व्याधि से मुक्त हो भी जाऊं तो शेष जीवन ही कितना है ? पूर्णिमा बोली दीदी एक बात कहूं , बुरा मत मानना दिल की बात कह रही हूं । निर्मला देवी ने उसे आश्वस्त किया कि अब वह उसकी किसी बात का बुरा नहीं मानेगी।

वह तो अपनी प्रेम परीक्षा को कभी का उत्तीर्ण कर चुकी है खुल कर कह ,अपने दिल पर कोई बोझ न रख । आज पूर्णिमा को अपनी जीत का एहसास होने लगा था , वह बोली दीदी मुझे तो अपने फैसले पर ग्लानि हो रही है । मुझे उस धोखेबाज की याद से पीड़ा नहीं है बल्कि अपने फैसले का पछतावा है , उसने मेरे साथ प्रेम का नाटक किया , सालों मेरे शरीर से खेला और अंत में छोड़कर भाग गया , वह मेरी कमजोरी जानता था कि मैं वापस नहीं जा सकती , जाती तो मुझे गाँव के लोग मार डालते । मरना किसे अच्छा लगता है , जीने के लिए तुम्हारी शरण में आ गयी मगर क्या मैं जिंदा हूं ? यहां आकर मैंने सोचा था कि शायद मैं भी आपके साथ अपने पूर्व जन्मों के साथ-साथ इस जन्म के पाप से भी मुक्त हो जाऊंगी मगर क्या वास्तव में मेरा प्रेम पाप था ? वह धोखेबाज चैन से , शान के साथ अपने बीबी-बच्चों के साथ जिंदगी का लुत्फ ले रहा होगा और मैं अपने आप को एक धोखेबाज के झूठे प्रेम पर कुर्बान कर दूँ ? तुम सच्ची साहसी हो सब कुछ बर्दाश्त कर लेती हो किसी को भी क्षमा कर सकती हो मगर मैं तो -----। निर्मलादेवी बोली , पूर्णिमा सच कहती हूँ तेरे आने के बाद से मैं भी तेरी तरह सोचने की कोशिश करती हूं मगर मुझे आज भी पंडित जी में छल-कपट का लेश मात्र असर भी दिखाई नहीं देता उनका प्रेम तो पवित्र था शायद मैं ही भाग्यहीन थी जो जाति बंधन से मुक्त होने के बारे में सोच बैठी । एक अटूट बंधन को तोड़ने के प्रयास में अपना जीवन बर्बाद कर बैठी । कभी-कभी सोचती हूं जीवन तो जिया मगर जीवन कहाँ जिया ? निर्मला देवी की बातों ने पूर्णिमा की जिज्ञासा को बढ़ा दिया । आज वह जिद्द कर बोली , ' दीदी ,

तुम्हें मेरी कसम है जो तुम मुझसे कुछ भी छिपाओ , एक मैं हूं जो तुम्हें अपना सब कुछ मानती हूँ और तुमसे कुछ भी नहीं छुपाती और तुम हो कि मुझसे सब कुछ छिपाती हो ।

निर्मला देवी जो अतीत की बाढ़ से बहुत बोझिल महसूस कर रही थी , धीरे से बोली , ले मेरी बर्बादी का किस्सा भी सुन ले वरना तू भी मेरे बारे में न जाने क्या - क्या सोचेगी किंतु किसी से कहना मत , कुछ बातों पर पर्दा पड़ा रहना ही अच्छा होता है । वह तपाक से बोली यदि तुम्हें मुझ पर भरोसा नहीं है तो रहने दो और इतना कहकर करवट बदलने की कोशिश करने लगी किंतु निर्मला देवी ने जब आप बीती सुनानी प्रारंभ की तो मैं उठ कर बैठ गयी ।

इंटरमीडिएट उत्तीर्ण करने के पश्चात शहर में उच्च शिक्षा प्राप्त करने का मन बना लिया था किंतु मेरे निर्णय का घर में विरोध हो रहा था । उनके विचार से एक लड़की के लिए इंटर तक की पढ़ाई जरूरत से ज्यादा थी । माताजी विवाह का दबाव डाल रही थी और मैं पढ़ाई का । तीनो भाई जो कि मुझसे बड़े थे , सभी का विवाह हो चुका था , पिताजी सेना से सेवानिवृति का जीवन व्यतीत कर रहे थे । मेरे साथ केवल मेरे पिताजी थे जिनका मानना था कि लड़कियों को लड़कों के समान ही ज्ञानार्जन करना चाहिए किंतु मां और भाई मेरी शिक्षा के बिल्कुल खिलाफ थे , कई महीनों से घर में शीत युद्ध चल रहा था जो कभी भी भड़क सकता था किंतु एक दिन ऐसा आया , जिसने मेरे जीवन की मंजिल ही बदल दी ।

एक नौजवान पंडित जी जो मुझसे पांच -सात वर्ष बड़े होंगे पत्रा लेकर घर के सामने से गुजरे तो माताजी ने पड़ोसन की सिफारिश पर उन्हें बुला लिया । माताजी ने अपने विषय में तो कुछ न पूछा , मेरा हाथ , उसके हाथ में देकर मेरा भविष्य पूछने लगी , उनके हाथ में न जाने क्या जादू था कि मुझे ऐसा प्रतीत हुआ जैसे किसी ने मेरे दिलोदिमाग पर काबू कर लिया हो । जब मेरे विवाह के विषय में उनसे पूछा गया तो उन्होंने बताया कि मैं जिस घर में भी जाऊंगी वहाँ

रानी बनकर राज करूँगी । गम का साया भी मुझसे कोसो दूर रहेगा । खुशियों का वरदान देने वाला , गम की सौगात देकर चला गया । पता नहीं पंडितजी में ऐसा क्या था कि वह पहली मुलाकात में ही मेरा सब कुछ ले गया। जिसे मैंने अपना सुखचैन सब कुछ सौंप दिया और उस प्रेम के बदले में मुझे ये सब मिला ।

पड़ोस की महिलाओं की बातों से कोशिश किए बिना ही पंडितजी के बारे में बहुत कुछ पता चल गया कि वे पास के गांव के ही रहने वाले हैं । अब मुझे उनसे मिलना था किन्तु कोई उपाय न सूझ रहा था ।' जहां चाह , वहां राह 'जब मैंने देखा कि मेरा घर से निकलना नामुमकिन है तो मैंने बीच का रास्ता निकाल कर माताजी व भाइयों से कहा कि वह भी एक आवेदन फार्म भरना चाहती है , उसके लिए टाइप व शॉर्टहैंड सीखना जरूरी है । मैं टाइप व शॉर्ट हैंड सीखना चाहती हूँ । पिताजी की मदद से थोड़ी चेतावनी के साथ उसे इजाजत मिल गयी । उसे अपने काम से काम रखना , घर से सीधे टाइप व शॉर्टहैंड सेंटर व सेंटर से सीधे घर वापस आना था , रास्ते के आकर्षणों से बचना था । पंडित जी से मिलने का कोई उपाय नहीं सूझ रहा था , अधिकांश सहेलियां अनपढ़ थी और एक - दो सहेलियाँ जो पढ़ी लिखी थी उनसे अपनी पटती न थी और इससे मुफ्त में भेद खुलने व बदनाम होने का डर भी था । सोचती थी किसी ने किसी दिन उनसे रास्ते में मुलाकात हो ही जाएगी मगर इस तरह कब तक इंतजार करती , एक दिन वे मिले भी मगर उनके साथ कई अन्य लोग थे । मैं उन्हें एकटक देखे जा रही थी , उस दिन मुझे ऐसा महसूस हो रहा था जैसे घायल शेरनी के पास से गीदड़ शिकार लिए जा रहे हो और वह बेबस उन्हें निहार रही हो और कुछ न कर पा रही हो । अब शरीर की तमाम इंद्रियों की शक्तियाँ एक स्थान पर इकट्ठी हो गई और उन्होंने मस्तिष्क को अधिक कार्य करने के लिए विवश किया । शॉर्टहैंड की प्रैक्टिस करते - करते सोचा कि क्यों ने पंडित जी को पत्र लिखा जाए । पत्र लिखने का इरादा पक्का किया फिर सोचा कि यदि अपने हाथ से पत्र लिखा जाएगा तो पकड़े जाने का डर है क्यों न पत्र

को टाइप कर दिया जाए । अगले दिन मैं टाइप के स्थान पर पंडित जी को पत्र लिखने लगी ।

पंडित जी प्रणाम ।

मैं एक बड़ी अभागिन लड़की हूं जिसे तुम महलों की रानी बनने का आशीर्वाद दे आये हो । न जाने तुम्हारे हस्त स्पर्श में कैसी चुंबकीय शक्ति थी जिसने मेरे शरीर के प्रत्येक अंग को अपनी तरफ आकर्षित कर लिया है तुम्हारी सुमधुर वाणी ने मेरे कानों को पराया कर दिया है , कानो में सिर्फ तुम्हारे सम्मोहन करने वाले शब्द गुंजायमान हैं , दिल -दिमाग में जंग जारी है यदि इस जंग से मैं मर जाऊं तो फिर मत पछताना यदि आप मुझसे मिलना चाहते हैं तो ठीक 3:00 बजे शहर के टाइप व शॉर्टहैंड सेंटर के पास , समोसे वाले की दुकान के पास मिलना , शायद आप मुझे पहचान गए होंगे ,अगर अब भी आपने मुझे नहीं पहचाना तो आप पंडित नहीं बुद्धू हैं , आपकी अपनी जन्मों-जन्मों से आगामी असंख्य जन्मों तक। थपते के स्थान पर केवल इतना लिखा कि शुरुखरू वाले पंडित जी । पत्र पंडित जी को मिल भी गया और पंडितजी सेंटर के पास आकर , पत्र प्रेमिका को खोजने लगे । जब उन्होंने मेरी तरफ देखा तो न जाने आंखों ने आंखों से क्या कहा कि हम अनजान पथ पर बढ़ चले । पन्द्रह दिन के अंदर ही मैंने भागकर पंडित जी के साथ विवाह करने का प्रस्ताव रख दिया । वे ना नूकर करते रहे किंतु अंत में , मेरे प्यार की जीत हुई और हम दोनों घर से भागने के लिए तैयार हो गए । हमें रात्रि 11:00 बजे घर से निकल कर 12:00 बजे तक रेलवे हॉल्ट पहुंचना था । 4:30 बजे तक मुसाफिर खाने के आसपास छिपना था और फिर ट्रेन में बैठकर फुर्र हो जाना था । उससे आगे फिर तो मेरे भाग्य में रानी बन कर राज करना लिखा ही था , पंडित जी झूठ थोड़े ही बोले थे । मैंने अपनी तैयारी में कोई कसर न रखी एक थैले में जरूरत का सभी सामान रख लिया । रात्रि 10:45 बजे घर छोड़ने का फैसला किया किंतु न जाने किस खतरे के डर से पिताजी की बंदूक भी उठा ली । छोटा भाई बड़ा

गुस्सैल था कहीं उसे शक ना हो जाए और यदि वह पंडित जी के बारे में जान गया और उन्हें गोली मार दी तो वह कहीं की न रहेगी । पता नहीं ये कैसा रिश्ता था अपनी जान से ज्यादा चिंता पंडित जी की जान की हो रही थी । स्टेशन के निकट ही हम दोनों पास - पास बैठ कर बतियाने लगे । मन में एक अजीब सी बेचैनी थी कुछ अनहोनी के होने की आशंका भी मन में घर किए थी किंतु मैं अपने आत्मविश्वास को बनाए रखने का भरपूर प्रयास कर रही थी । अंधेरे में दूर कहीं छाया सी चलती दिखाई दी मैंने बंदूक को कब्जे में लिया और पंडित जी को सावधान किया , वे धीरे से पास के खेत में छुप गए , उन्होंने केवल इतना कहा फिर मिलेंगे । दोनों भाइयों ने बंदूक के साथ मुझे पकड़ लिया और आसपास की जांच - पड़ताल की किंतु उन्हें मेरे साथ किसी और के होने का पता न चला । घर लाकर मुझे कमरे में कैद कर दिया गया । सभी ने बारी-बारी से जी भर कर पिटाई की , मेरे साथ कौन था उसे जानने की काफी कोशिश की गई किंतु मैंने पंडित जी को दिल की अतल गहराइयों में छिपा लिया । दो-चार दिन इस सब पर पर्दा पड़ा रहा फिर पड़ोस में भी सुगबुगाहट होने लगी । पंडित जी पर तो मैंने आँच न आने दी किंतु जब घर वालों ने मेरा विवाह शीघ्रातिशीघ्र करने का निर्णय लिया तो मैंने घर छोड़ने का फैसला कर लिया ।

एक रात सब एक रिश्तेदार की लड़की की शादी में गए हुए थे , मैंने एक पत्र लिखा , मुझे क्षमा करना , ढूंढने की कोशिश ना करना , मेरा तुम्हारा साथ यही तक का था , मैंने सांसारिक बंधन तोड़ कर एक सन्यासिन बनने का फैसला कर लिया है । अब शायद मैं कभी आपके समक्ष न आऊंगी जो भी मेरे कारण आपकी काफी बदनामी हुई है उसका मुझे बहुत खेद है ।आशा करती हूँ आप मुझे क्षमा कर देंगे ।

पंडित जी को पत्र लिखने का साहस न जुटा सकी । सोचा था कहीं पत्र किसी और के हाथ पड़ गया तो मेरे साथ - साथ वे भी बर्बाद न हो जाये । तब मेरे लिये क़िस्मत ही सब कुछ थी , सोचती थी कि मेरी

किस्मत में उनसे मिलना लिखा होगा तो हम जरूर मिलेंगे । जब तुम मिली तो मेरी सोच परिवर्तित हुई हां यह भी सच है कि तुमने मेरे दुख - दर्द को बढ़ावा ही दिया है , तुम कितनी सच्चाई से सच कह देती हो , सच तो यह है कि मैं तुम्हारी नहीं बल्कि तुम मेरी गुरु हो । मैंने भाग्य के भरोसे रह कर जीवन बर्बाद कर लिया किंतु तुम तो सब कुछ जानते हुए भी ---------निर्मला देवी की बात को काटते हुए पूर्णिमा ने कहा दीदी सच के साथ जीना कहीं ज्यादा दूभर है ।

मेरी एक बात मानोगी निर्मला देवी ने पूर्णिमा की तरफ गौर से देखते हुए कहा , पूर्णिमा ने अपनी सहमति जताई तो उसने कहा तुम मुझे छोड़ कर कहीं दूर चली जाओ , अपना घर बसा लो , मेरा जीवन तो बर्बाद हो ही चुका है तुम तो अपना शेष जीवन सँवार लो । पूर्णिमा ने निर्मला देवी के हाथों को कस कर पकड़ लिया और बोली , दीदी अब तुम्हें छोड़कर अन्यत्र कहीं जाने को जी नहीं करता । अब तो बस दीन दुखियों की सेवा में ही शेष जीवन व्यतीत करूंगी । अगर तुम चाहो तो पंडित जी के पास जा सकती हो । निर्मला देवी ने आह भरते हुए बस इतना ही कहा , अच्छा मज़ाक कर लेती हो । वह तो अपने 'फिर मिलेंगे 'वायदे को भी भूल गया । मैं ही क्यों और कब तक झूठी आस में जीवन बर्बाद करूँ । क्या पता वो मुझे पूरी तरह भूल चुका हो। देर तो बहुत हो गयी किन्तु अपनी भूल सुधारने में ही समझदारी है । आओ आज से एक नया जीवन प्रारम्भ करे । दोनों गुरु - शिष्या पक्की सहेली बन कर , एक दूसरी से लिपट कर गहरी नींद में सो गई।

खान चन्द विकल।

13

साधना

आश्रम में चटाई पर लेटी एक पचपन वर्षीय साध्वी ज्वर ताप से जली जा रही है | उसके आसपास महिलाओं का हुजूम उसके शीघ्र स्वस्थ होने की कामना कर रहा है | डाक्टर साध्वी को शहर ले जाने

का परामर्श दे चुके है , परन्तु इस आश्रम में उसकी जान बसती है और वह इस आश्रम को छोड़ना नहीं चाहती है | एक सप्ताह से अधिक हो चुका है परन्तु ज्वर है कि साध्वी का साथ नहीं छोड़ना चाहता है | ज्वर ग्रस्त साध्वी चिंता मग्न , अतीत में खोई , बडबडाने लगती है | महिलाये उसका अतीत जानने की जिज्ञासा मन में बसाये है किन्तु इसने अतीत की कोठरी में ताला लगाकर , चाबी समुन्द्र में फेंक दी है | कभी – कभी तो ऐसा प्रतीत होता है जैसे इसने जीवित ही संसार – चक्र से मुक्ति पा ली है | तीस वर्ष से अधिक , साध्वी ने दीन – दुखियों की सेवा कर , इस आश्रम में व्यतीत किये है , किन्तु कोई भी उसके अतीत के रहस्य को न जान सका | आज उसे देखकर , ऐसा प्रतीत हो रहा है जैसे कि तीस वर्ष तक सुप्तावस्था में पड़ा हुआ जवालामुखी फटने को व्यग्र हो | जैसे मन – मस्तिष्क की जंग का परिणाम ज्वर हो | मन करता है कि अतीत के रहस्यमय बोझ को उतार फेंके मगर मस्तिष्क सचेत करता है कि क्यों वर्षों से दबे राज को उजागर करते हो , अपने कार्य में रत रहो और रहस्य को रहस्य बना रहने दो | कैसा विचित्र युद्ध है , मन – मस्तिष्क की जंग का परिणाम तन को भोगना पड़ रहा है |

एक दिन वो भी आया , जब ज्वर शांत हुआ , मन की जीत हुई , हरा - थका घायल मस्तिष्क , अतीत के घटनाक्रम को काल क्रमानुसार संयोजित करने लगा | साध्वी ने आश्रम में आने वाली समस्त महिलओं को अपने पास बुलाया और उनसे बोली , " आज मैं तुम्हे एक अभागी लड़की की कहानी सुनाना चाहती हूँ , क्या तुम सुनना पसंद करोगी ?" सभी ने सहमती में सिर हिलाया तो साध्वी ने कहना प्रारम्भ किया | साधना नाम की एक लड़की थी उसके तीन भाई थे | वह अपने भाइयों से बहुत प्यार करती थी वे भी उसे दिलोजान से चाहते थे | पिताजी गाँव के जर्मींदार थे | माताजी धार्मिक प्रवृत्ति की , पूजा – पाठ में विश्वास करने वाली , करुणामयी महिला थी | घर में विलासिता का हर सामान मौजूद था | हर समय घर में पुरुषों का

जमघट लगा रहता था | यूँ तो साधना के पिताजी कोई विशेष काम न करते थे किन्तु उनकी दिनचर्या बड़ी व्यस्त थी | वे मजदूरों से बेगार लेने में निपुण थे | सारे गाँव में शोषण का साम्राज्य था | बंधुआ मजदूरी की प्रथा आसपास के सभी गांवों में व्याप्त थी | अछूतों से बेगार ली जाती थी किन्तु उनका जमींदारों के घर में प्रवेश निषेध था और जमींदार भी उनके घर जाने से परहेज करते थे | यूँ तो दलित , अछूत व हरिजन जैसे कितने ही शब्द इन असहाय मजदूरों के लिए चलन में थे परन्तु अधिकांश जमींदार व उनके मुनीम इन्हें इनके पिता के नाम व जातिसूचक शब्दों के विशेषण का प्रयोग कर , पुकारते थे | सीधे – सीधे इनका नाम लेने की प्रथा न थी , रोज मजदूरों को बेईज्जत किया जाता था | इनकी बहू – बेटियों की इज्जत का दारोमदार जमींदार की महरबानी पर था| शिक्षा सभी के लिए सुलभ न थी न सबको पढ़ने का अधिकार था |

समय के साथ – साथ साधना भौतिक सुख – सुविधाओं के बीच बड़ी होने लगी | गाँव के प्राथमिक विद्‍यालय से आठवीं कक्षा पास करने के पश्चात् उसे शहर में दाखिला दिला दिया गया | हालाँकि जमींदार साहब उसे बारहवीं से अधिक पढ़ाना न चाहते थे किन्तु उसकी प्रेममयी प्रार्थना के आगे हार गये और उसे उच्च शिक्षा के लिए महाविद्‍यालय में प्रवेश दिला दिया गया | स्नातक की परीक्षा के पश्चात् साधना वापिस गाँव में आ गयी किन्तु अब वह पहली वाली साधना न थी , शिक्षा ने उससे रीति – रिवाज , परम्पराये व भेदभाव युक्त जीवन शैली छीन ली | साम्यवादी विचार धारा उसके दिल में घर कर गयी | अब यदि उसके समक्ष किसी मजदूर की बेइज्जती तो उसका हृदय द्रवित हो जाता , महिलाओं के अपमान पर वह व्यथित हो जाती और एकांत में बैठकर घंटो अश्रु बहाती | शिक्षा ने मन रूपी महल पर समानता का साम्राज्य स्थापित कर दिया | मन बार – बार अन्याय , अत्याचार व शोषण के खिलाफ खड़ा होने को प्रेरित करता मगर मस्तिष्क बढ़ते कदम पीछे खींच लेता |

कुछ दिन यूँ ही चला किन्तु एक दिन प्रातः साधना घूमने निकली और जा पहुंची अछूत – दलित बस्ती में | बस्ती के समस्त आदमी – औरत उसके स्वागत में जुट गये | जर्मींदार साहब की पुत्री के कदम उनकी बस्ती में पड़ना उनके लिए बड़े गर्व की बात थी वे उसके मान – सम्मान में किसी भी प्रकार कमी न रख छोड़ना चाहते थे | वह उनके लिए देवी तुल्य पूजनीया थी | वह उनके आदर – सत्कार से इतना प्रभावित हुई कि ऊँच - नीच का भेद बिल्कुल ही भूल गयी | एक लड़की उसके लिए दूध का गिलास ले आयी |,साधना ने दुग्धपान क्या किया उसके ऊपर समानता का नशा सवार हो गया | भावुकता पर नियंत्रण न कर पाई और मजदूरों को समानता का सबक सिखाने लगी | उन्हें एकजुट होकर शोषण के विरुद्ध संघर्ष करने को प्रेरित करने लगी |

जर्मींदार साहब को पता चला तो वे गुस्सेसे आगबबूला हो गये | घर लाकर साधना के साथ मार – पीट की गयी परन्तु बात यही ख़त्म न हुई , ये बात आग की तरह आस – पास के गांवो में फ़ैल गयी | पास के गांवो की पंचायत बुलाई गयी | पंचो की एकमत राय बनी कि साधना अपने किये पर मांफी मांगे और उसे गंगा स्नान कराने के पश्चात् मंत्रोपचार से शुद्ध किया जाए | अगर उसे अपने किये पर पछतावा नही है और मांफी नहीं मांगती है तो उसे क्षेत्र से निष्काषित कर दिया जाये ताकि कोई भविष्य में ऐसा करने का दुस्साहस न कर सके|

पंचायत में साधना ने न तो अपने किये पश्चाताप व्यक्त किया न ही क्षमा याचना की बल्कि जर्मींदारों को शोषण न करने की शिक्षा दे डाली | उसके समाजवादी वक्तव्य ने आग में घी का काम किया | हालाँकि उसके विचारों का कुछ जर्मींदारों पर भी असर हुआ और उन्होंने उसकी बात से सहमति व्यक्त की और उसका पक्ष भी लिया किन्तु अंत में फैसला हुआ कि साधिना या तो क्षमा याचना करे या उसका सामाजिक बहिष्कार हो | उसको आत्ममंथन के लिए दो दिन

का समय दे दिया गया |

दलितों की बस्ती में बिताये दो घंटो ने साधना की दुनिया ही बदल दी | पंचायत समाप्त होने के पश्चात् घर के सब लोग सो गये मगर उसकी आँखों से नींद कोसों दूर थी | वह असमंजस में थी कि क्या करे , क्या न करे , क्षमा याचना करती है तो उसके अहं , उसकी सोच और सिद्धांतो को ठेस पहुंचती है और यदि वह क्षमा नहीं मांगती है तो उसे जबरन समाज से बहिष्कृत कर दिया जायेगा और उसके कारण उसकी माता – पिता और भाइयों पर क्या बीतेगी ? फिर वह सोचने लगी कि आखिर उसका दोष क्या है ? क्या अमीरी – गरीबी , जाति – पाती और ऊँच – नीच ईश्वरीय देन है ? शहरों में तो इस कदर भेदभाव नहीं है , मजदूर तो वहां भी है उन्हें तो हरपल बेईज्जत नहीं होना पड़ता | काफी सोच विचार और चिंतन के पश्चात् साधना ने घर छोड़ने का निश्चय किया | उसने अपना जरुरी सामान वस्त्र आदि एक थैले में रक्खे और प्रातः दो बजे अपना घर छोड़ दिया | अँधेरे में सफ़र किया और दिन में एक खेत में आश्रय लिया | छिपते – छिपाते स्वयं को सबसे बचाते पास के शहर में पहुँच गयी और वहां एक सहेली की मदद से गरीब बस्तियों में बच्चे पढ़ाने लगी | बार – बार घर वापिस जाने का मन करता किन्तु घर जाने के विचार से ही तन कांप उठता|

अब वह दीन – दुखियों की सेवा में इस तरह लगी रहती कि उसे अपना होश ही न रहता | उसने दूसरो की सेवा को ही अपना कर्म बना लिया | पहले तो उसे अपने घर का ख्याल परेशान करता था किन्तु धीरे – धीरे उसने इन्हीं दीन – दुखियों में अपने माता – पिता और भाई तलाशने शुरू कर दिए |बार – बार विवाह कर , घर बसाने का विचार भी व्यथित करता था , अंततः उसने विवाह न करने की दृढ़ प्रतिज्ञा कर ली और एक साध्वी के जीवन को ही अपनी नियति मान लिया | उसके मन में ये विश्वास घर कर गया कि शायद उसे ईश्वर ने दीन – दुखियों की सेवा के लिए ही भेजा है |

यही पर इस कहानी का अंत होता है , साध्वी की कहानी के इस प्रकार के अंत से श्रोता संतुष्ट न हुए | एक महिला पूछ बैठी अब साधना कहाँ है ? अतीत के विचारों से व्यथित साध्वी के मुंह से , अचानक निकल गया , वह अभागी साधना आपके सामने है |

आश्रम की आँखें नम थी , फर्श गीला था , सब शांत थे | केवल आँखें अश्रुओं का त्याग कर रही थी | अचानक एक महिला की दृष्टि साध्वी के शांत चेहरे पर पड़ी | उसकी आँखें खुली थी लेकिन तन फर्श पर शांत पड़ा था | पंछी उड़कर जा चुका था , स्वर्णिम पिंजड़ा शेष रह गया था | एक अस्सी वर्षीय वृद्ध साध्वी के मृत शरीर से लिपट कर विलाप कर रहा था , ये साधना के पिताजी जमींदार साहब थे |

14
जलेबी

बढ़ी हुई दाढ़ी,मोटी व नुकीली मूँछे, सुंदर- साँवला चेहरा , मैला - कुचेला सफेद कुर्ता , फटा हुआ पायजामा पहने हुए साठ वर्षीय , दुबला - पतला पुरुष ,घुटनों से नीचे पॉलिथीन की पट्टियां लपेटे हुए , धूप में खड़ा हुआ , भगीरथ सदृश तपस्या में लीन प्रतीत होता है । जब कभी मैं उस रास्ते से गुजरता तो इस साधक के बारे में जानने की जिज्ञासा मन में जागृत हो जाती थी ।

वह सूर्योदय से पूर्व ही रास्ते में आ खड़ा होता और सूर्यास्त के पश्चात ही अपने स्थान से हटता , मौसम व ऋतु का इस साधक पर कोई विशेष प्रभाव न पड़ता था सिर्फ सर्दियों में दुर्बल तन की सुरक्षा के लिए एक फटा हुआ कंबल , कपड़ों में शामिल हो जाता था । वर्षा ऋतु में वह एक बड़ी पॉलिथीन से सिर को ढाँप लेता था , बाकी सब यथावत रहता था । आसपास के लोगों के लिए वह कौतूहल का विषय न था क्योंकि उस साधक का रास्ते में खड़ा होना उनके लिए सामान्य बात थी और वे उसे दशकों से इसी भांति देखते आए थे ।

एक दिन मैं अपनी बाइक पर उस रास्ते से गुजर रहा था , उसने मुझे हाथ के इशारे से रोका , मैं रुका तो उसने मुझसे पूछा कि क्या मैं शहर जा रहा हूँ ? मैंने सिर हिलाकर हाँ कहा तो उसने मेरी तरफ पाँच सौ रुपए का नोट बढ़ाया और बोला कि वापस आते समय एक किलो जलेबी और दो पेप्सी की बोतल लेते आना । मैं उसके लिए अनजान था और ये मेरी उससे पहली मुलाकात थी परंतु मैं उसे वर्षों से जानता था । मैंने उसको बताया कि मैं शहर तो अवश्य जा रहा हूँ परंतु आज वापस न आ सकूँगा, आप अपना सामान किसी और से मंगा लेना । उसने मेरे बारे में मुझसे अंग्रेजी में पूछताछ की मैंने उसे अपने बारे में बताया और अपने रास्ते चल दिया । उसकी जबान से फर्राटेदार अंग्रेजी सुनकर मुझे यह तो विश्वास हो गया कि यह अच्छा पढ़ा - लिखा है ।

अपनी व्यस्तता में, मैं इस साधक और इसकी साधना को भूल गया । कुछ दिन पश्चात,एक दिन फिर उसी मार्ग से जाने का अवसर

प्राप्त हुआ, वह सदैव की तरह भीषण गर्मी में धूप में खड़ा हुआ सूर्य की परीक्षा ले रहा था । मैंने तेज गति से बढ़ते हुए उसे प्रणाम किया और अपने गंतव्य पर पहुंचने की शीघ्रता में उससे बातें न की। एक दिन मेरे एक परिचित के मित्र मुझसे मिलने आए ,अचानक मुझे इस साधक का स्मरण हो गया,यह उन्हीं के गाँव का था । मैंने उसे पूछा है कि वह जो रास्ते में धूप में खड़ा रहता है ------मैंने अपनी बात पूरी भी न की थी कि उसने उस साधक का इतिहास मेरे समक्ष उड़ेल दिया।

नवाब साहब का नाम क्या था यह तो मुझे ज्ञात नहीं किंतु साधक के दादाजी उसके खास चमचों व चापलूसो में थे और उसी की मेहरबानी से उनके पास 100 बीघा जमीन थी । उन्होंने नवाब साहब की तरह ही विलासिता का जीवन व्यतीत किया । नवाब साहब तो निःसंतान ही एक सड़क दुर्घटना में अकाल काल का ग्रास बन गये । इनके दादा जी के दोनों पैर इस दुर्घटना की भेंट चढ़े किंतु प्राण बच गए । नवाब साहब के जाने के बाद जैसे इनका प्रारब्ध ही से इनसे रूठ गया , विलासिता का जीवन जाता रहा । पत्नी को तपेदिक थी और स्वयं अपाहिज इसलिए इन्होंने पुत्र कुंवर साहब की शादी, ग्यारह वर्ष की उम्र में ही दस वर्ष की कन्या, राजरानी से कर दी।

जलेबी ईरान से आयी या अफगानिस्तान से इससे हमारा कोई सरोकार नहीं है किंतु नवाब साहब की सोहबत में कुंवर साहब के पिताजी को इसकी लत लग गई थी । जब तक नवाब साहब जीवित थे तब तक तो मिष्ठान खरीदने की जरूरत ही न पड़ती थी , घर मिठाइयों से भरा रहता था । कुंवर साहब मिठाइयों के बीच पले - बढ़े थे । जलेबी और उसकी अमीर बहन इमरती उनके घर की पसंदीदा मिठाई थी वैसे बर्फी , रसगुल्ले , पेड़े , पतिसा , रसमलाई और लड्डू से भी इन्हें परहेज न था । इनके दादा जी कहा करते थे जिस मिठाई में मिठास कम हो भला वह कैसी मिठाई ।

वे जीवन का सबसे बड़ा वरदान मिठाई को मानते थे। वे कहा करते थे मीठा खाने से जवान मीठी होती है, शरीर को ताकत मिलती है और मन की स्फूर्ति बरकरार रहती है । सच तो यह है कि मनुष्य की शारीरिक , मानसिक व चारित्रिक शक्ति का दारोमदार मिठाई पर ही है, मिठाई की ताकत से चींटी जैसा सूक्ष्म जीव मीलों का सफर तय कर लेता है । जहाँ मीठा होता है वहाँ यूँ ही चींटी नही पहुँच जाती ।

नवाब साहब के जाने के बाद कुंवर साहब के पिताजी को एहसास हुआ कि मुफ्त की मिठाई खाते- खाते वे इसके आदी हो चुके हैं । मिठाई खरीदनी पड़ी तो घर का बजट बिगड़ गया। पड़ोसियों से कर्ज लेकर काम चलाने लगे कुँवर साहब पिताजी के पद चिन्हों पर चले , राजरानी ने अपने पति का हर प्रकार से साथ दिया । उसने स्वयं कोइस रंग में रंग में रचा- बसा लिया । कुँवर साहब की माताजी यक्ष्मा और मधुमेह का शिकार हो गई और पिताजी भी उसके बिना अधिक समय तक जीवित नहीं रह सके।रातरानी ने पुत्र को जन्म दिया तो वे माताजी और पिताजी की मृत्यु का गम भुला कर अपनी नई दुनिया में खो गए । विलासिता उनके रक्त में रची बसी थी , वे स्वयं को किसी राजा से कम नहीं समझते थे । राजरानी पुत्र के पालन में और कुंवर साहब साथियों के साथ मौजमस्ती में मशगूल हो गए ।आजीविका के लिए काम करने में वे अपना अपमान समझते थे , उनके पिताजी ने जीवन भर काम न किया था और माता जी का जीवन जी रानियों की तरह व्यतीत हुआ था । वे कुँवर साहब के ऊपर कर्ज़ छोड़ कर मरे थे किंतु उन्होंने अपनी दिनचर्या में किसी भी प्रकार तब्दीली न की थी । खर्चों में कटौती उनकी शान के खिलाफ थी , पारिवारिक रवायत को किसी भी क़ीमत पर बनाये रखना वे अपना फर्ज समझते थे । कुँवर साहब के ऊपर साहूकारों ने कर्ज़ अदायगी का दबाब बढ़ाया तो उन्होनें जमीन बेचनी शुरू कर दी । धीरे-धीरे जमीन कम होने लगी।

वे खुद तो केवल चार दर्ज़ तक पढ़े थे परंतु इल्म की ताकत को खूब अच्छी तरह पहचानते थे ,वे शिक्षा को मानव विकास का मूल

मंत्र मानते थे । उन्होंने अपने पुत्र आनंद को अंग्रेजी मीडियम स्कूल में पढ़ाने का मन बनाया । अंग्रेज अपना बोरिया - बिस्तर बांध कर ब्रिटेन जा चुके थे किंतु वे देश में अंग्रेजी भाषा का भविष्य उज्जवल बताते थे । वे कहते थे कि आदमी को समय के साथ चलना चाहिए , अंग्रेजी ज्ञान का भंडार है । शहर के प्रतिष्ठित विद्यालय में आनंद का दाखिला कराया गया , कई दिन तक उस हर्षोत्सव को मित्रों के मध्य हर्षोल्लास से मनाया गया । आनन्द को शहर ले जाने व लाने के लिये एक सहायक की व्यवस्था की गई ।आनन्द बड़ा हुआ तो शिक्षा का खर्च भी बढ़ा । उन्होंने जीवन में कोई काम न किया हो ऐसा नही था किन्तु आजीविका के लिए कोई काम न किया था । मिठाई पर किये जाने वाले व्यय का उन्होंने कभी हिसाब किताब न रखा था किन्तु आनन्द की शिक्षा के खर्च के कारण उनकी आर्थिक स्थिति खराब होने लगी थी । सबसे पहले उन्होंने आनन्द के सहायक का पद समाप्त किया किन्तु इससे भी आर्थिक स्थिति में कुछ खास सुधार न हुआ । अब वे अच्छी तरह समझ गये कि बिना कमाए जीवन यापन असंभव है , अब जलेबी भी उनकी जबान को मिठास न दे पा रही थी। वे इस शौक को कुछ कम करना चाहते थे किंतु राजरानी और आनंद के जीवन का आधार ही जलेबियां थी । 85 बीघे जमीन आराम तलबी और जलेबियों की भेंट चढ़ चुकी थी । सुखद अतीत के सपनों में खोए रहते थे किंतु भविष्य अंधकारमय प्रतीत होता था ।

आनंद में आशा की किरण देखते थे किंतु वह भी नौकरी करने में अपना अपमान समझता था । वह दसवीं के बाद फिर कभी विद्यालय न गया। सारे दिन दोस्तों के साथ घूमता - फिरता था। आलसी और मेहनतकशो का समय बड़ी शीघ्रता से बीतता है मेहनतकश को काम की लगन के कारण समय का पता ही नहीं चलता और आलसी तो समय का सबसे बड़ा दुश्मन होता ही है । पुत्र को बिगड़ता देखकर कुँवर साहब ने उसके पैरों में बेड़ियाँ डालने में ही समझदारी समझी , उनका विश्वास था कि पुत्र वधू आएगी तो पुत्र की सोच में अवश्य परिवर्तन होगा । पिताओं को बिगड़े हुए पुत्रों को सुधारने का सबसे

सशक्त शस्त्र शादी ही लगता है और कुँवर साहब ने यह अचूक अस्त्र भी चला दिया । आनंद की शादी सुनीता नाम की सुशील , सुन्दर व समझदार कन्या के साथ कर दी गई । सुनीता को पाकर आनंद स्वयं ही परकेच हो गया , दिलोदिमाग सुनीता के प्रेम में कैद होकर धन्य हो गया । वास्तव में उसके अंदर परिवर्तन की धारा बह निकली, उसका मन मित्रों से विरक्त हो गया। दोस्त दुश्मन से प्रतीत होने लगे,अब सुनीता के प्यार में खोया रहता दिन भर सोया रहता । अभी तक सुनीता की आँखों पर इनकी झूठी रईसी का पर्दा पड़ा था । सच्चाई सामने आई तो उसने आनंद से कहा कि जब घर की हालत अच्छी नहीं है तो कुछ काम क्यों नही करते , मिठाइयों पर पैसे क्यों उड़ाते हो , घर में पड़े रहने से गुजारा कैसे होगा ? अब उसका घर में रुकना मुहाल हो गया और वह सुनीता से नजरें चुराने लगा । सुनीता का घर में दम घुटने लगा । कुँवर साहब ने अपना पूरा प्रयास किया कि उनके बेटे का घर न बिगड़े , उन्होंने राजरानी को समझाया कि वह पुत्र और पुत्रवधू के मध्य बढ़ती हुई दूरियों को कम करने का प्रयास करे और बहू के सामने जलेबी खाने से बचें । राजरानी ने कुँवर साहब को भरोसा दिलाया कि वह किसी भी कीमत पर आनन्द के घर को उजड़ने न देगी , वह दोनों को समझाएगी । उसने पुत्रवधू को तो खूब समझाया , पत्नी धर्म का सबक सिखाया किन्तु पुत्र से कुछ न कह सकी ।

दुखी हो कर सुनीता अपने मायके चली गई । कुँवर साहब के ऊपर तो जैसे बिजली गिर पड़ी ,समाज में सम्मान था , कुछ दिन तक तो दोस्तों को आश्वासन देते रहे कि आनन्द की सास बीमार है उसकी तीमारदारी करने गयी है ,एक - दो माह में आ जायेगी । जब आनन्द की ससुराल से लोगों ने आकर पंचायत की और विवाह विच्छेद कर दहेज़ का सामान ले गये तो कुँवर साहब ये सदमा बर्दाश्त न सके । उन्होनें अपने आप को घर में कैद कर लिया और एक दिन बिना किसी को कुछ बताये अज्ञातवास में चले गए । कुँवर साहब को फिर किसी ने न देखा काफ़ी समय बाद एक अफ़वाह अवश्य सुनी गयी कि

उन्होंने अपने जीवित शरीर को गंगा माँ को अर्पित कर दिया था ।

समय के साथ सब सामान्य होता गया दस बीघा जमीन अभी बाकी थी पाँच बीघा जमीन आनंद के विवाह की भेंट चढ़ गई थी ।

अब घर में मां-बेटे दूध-जलेबी खाते और मस्त रहते , उन्होंने अतीत को छोड़ वर्तमान में जीने का मन बना लिया , अतीत और भविष्य दोनों ही तो कष्ट के कारण है । जब व्यक्ति वर्तमान में जीने लगता है तो सभी सांसारिक कष्ट धीरे-धीरे मुस्कराहट की आहुति में स्वाहा होने लगते हैं। एक दिन वह भी आया जब सारी जमीन मिठाइयों की भेंट चढ़ गयी। कुछ दिन शोक किया फिर धीरे - धीरे घर का सामान बिकने लगा । घर का सामान समाप्त हो गया तो उन्होंने घर के खिड़की दरवाजे आदि किस्तों में बेचने शुरू कर दिए ।

एक दिन ऐसा भी आया जब उन्हें घर के स्थान पर झोपड़ी डालनी पड़ी । बेचने के लिए कुछ शेष न था । आनंद के आनंद में कमी आई तो मां को अपनी जिम्मेदारी का भान हुआ । सब प्रकार के सुख भोगने वाली ग्रहणी पुत्र के पोषण के लिए चिंतित रहने लगी आखिर वह करे तो क्या करे । जब और कोई रास्ता नहीं सूझा तो पास के शहर जाकर वह भीख मांगने लगी । कुछ दिन इस कार्य में शर्म महसूस हुई किंतु जब बेइज्जती का पुरस्कार उसे मिलने लगा तो उसने इस सबकी परवाह करना बंद कर दिया । आनंद को मां के भीख मांगने पर शर्मिंदगी तो हुई किंतु कुछ दिनों में सब सामान्य हो गया।बूढ़ी माँ भीख मांग कर शहर से दूध -जलेबी व अन्य खाद्य वस्तुएं ले आती और जब दोनों बैठ कर खाते तो वह दिन भर की थकान को भूल जाती । पुत्र को खिलाने में वह असीमानंद व संतोष महसूस करती । मां अपने कर्तव्य का निर्वाह करते हुए एक दिन एक बस के नीचे आ गई और परम पिता परमेश्वर से जा मिली । आनंद अनाथ हो गया , कई दिन तक कुटिया में पड़ा रहा है । चिंता ने चिंतन का रूप इख़्तियार कर लिया , वह आजीविका का आसान व शिष्ट मार्ग खोजने लगा । अब भविष्य का दारोमदार उसकी खुद की मेहनत पर

था। मेहनत उसने कभी की न थी । उसकी हालत उस पंछी की तरह थी जिसे उसके माता-पिता सगे संबंधी सौदा छोड़ कर उड़ गए थे । चिंता , चिंतन से गहन चिंतन में परिवर्तित हुई उसे कुछ सूझा वह जीवन संघर्ष को तैयार होकर , छतरी ले कर बाहर निकला और रास्ते पर जाकर खड़ा हो गया । आने जाने वालों में जो उसे अजनबी दिखाई देता उसी को रोककर उसका भविष्य बताता और बदले में जो मिलता उससे सूर्यास्त होने पर शहर में जाकर दूध जलेबी खाता और सुबह के लिए खाने का सामान लाकर अपनी झोपड़ी में सो जाता ।

एक दिन एक अमीर व्यक्ति अपने पुत्र के लिए वधू देखने जा रहा था इसने उस व्यक्ति कार को रोककर उससे पूछा कि क्या बात है , कहां जा रहे हो जब उन्होंने बताया कि वे पुत्र-वधू देखने के लिये जा रहे हैं । इसने उनसे जाने के लिए मना किया है कि आगे मत जाओ , खतरा है मगर वे इसकी बात को अनसुना करके आगे बढ़ गये । रास्ते में उनकी कार का एक्सीडेंट हो गया और वे इसके भक्त हो गए । धीरे-धीरे इसका प्रचार इस प्रकार हुआ कि लोग से इसे सिद्ध महात्मा मानने लगे । आज भी ये सूर्य से सामना करने के लिए सूर्योदय पूर्व आ जाता है और सूर्यास्त तक धूप में खड़ा रहता है। इसे पानी से परहेज है । पानी के स्थान पर पेप्सी,कोकोकोला व दूध जैसे पेय पदार्थ लेता है । समय के साथ-साथ नवीन मिठाइयों के स्वाद पर भी जिह्वा सेट हो गयी है किन्तु इसको पूर्ण तृप्ति जलेबी से ही मिलती है ।

खान चन्द विकल ।

15

करवाचौथ

यूँ तो मैं भी 'करवाचौथ' के नाम से लजा जाता था , इस शब्द में ही कुछ शर्मिन्दगी छुपी थी या हम लोग इस शब्द का अर्थ गलत लगा लेते थे | उमर का तकाजा भी था , इस शब्द की महत्ता को उस समय हम समझने लायक ही न थे | करवाचौथ और वेलेंटाइन डे ,

मुझे दो बिछुड़े हुए भाई प्रतीत होते थे | मेरे विचार से ये दो सगे भाई थे , एक देश का होकर रह गया था , दूसरे ने विदेश में जाकर तरक्की करके , अपना नाम रोशन कर लिया था |

हम भी किशोरावस्था को पार कर यौवनावस्था में प्रवेश कर चुके थे | अब करवाचौथ को न सिर्फ समीप से समझते , पहचानते थे बल्कि उसके प्रभाव को मानते भी थे | करवाचौथ और वैलेंटाइन डे का आपसी सम्बन्ध भी अब हम भली – भांति समझते थे | हमे ये भी पता चल गया जहाँ विदेशी त्यौहार को मनाने के चक्कर में अक्सर नौजवान पिट जाते है वही करवाचौथ पर पुरुष – पतियों की पूजा होती है |

हमें न जाने क्या शरारत सूजी अपने एक मित्र से पूछ बैठे , “ कहो भाई करवाचौथ कैसा रहा ?” बस इतना कहना था की वह सुबक – सुबक कर रोते हुए बोला तुम्हे किसी की परेशानी से क्या मतलब , तुम्हे तो हर वक्त ठिठोली सूझती है | सीधीसादी पत्नी मिल गयी है इसलिए चेहरे पर मुस्कान है , अगर मेरी जगह होते तो शायद ....| इससे आगे वह कुछ बोल न पाया और काफी गंभीर हो गया | उसकी गंभीरता को देखते हुए मैं स्वयं को गंभीर मुद्रा में लाया और उसके साथ सहानुभूति दिखाते हुए बोला , भाई ऐसा नहीं है जैसा वह समझ रहा है और मैंने उसको पूरा विश्वास दिला दिया कि मैं ही उसका सच्चा मित्र हूँ और उसके सुख – दुःख में उसके साथ हूँ | वह बताये तो सही आखिर क्या हुआ ? उसके चेहरे के भाव उसके मन की पीड़ा को प्रदर्शित करने लगे , वह अपने कांपते शरीर पर नियंत्रण कर बोला कि भाई बस यूँ समझ लो किसी तरह मौत के पंजो से प्राण बचाकर आ रहा हूँ | मैंने कहा भाई ऐसी भी क्या बात हो गयी जो इतने व्यथित हो रहे हो ? कुछ बताओ तो पता चले | समय के साथ – साथ मेरी जिज्ञासा बढती जा रही थी आखिर उसने अपना मुंह खोला और गंभीरता से बोला भाई , करवाचौथ से वैलेंटाइन डे लाख जगह अच्छा है क्योंकि उसके अंदर स्वछंदता है , वह प्रेम में

स्वतंत्रता का प्रतीक है , उसमे थोड़ी सी आवारगी , थोड़ी सी दीवानगी , थोडा सा जोखिम , थोड़ी सी परिवर्तन की भावना , सामाजिक रूढ़ियो को तोड़ने की आकांक्षा , प्रेम में मर मिटने की चाह और सुनहरे सपनों की आरामगाह है वैलेंटाइन डे | दूसरी तरफ करवाचौथ में डर , दहशत , दासता , पीड़ा , तड़फ ,बैचेनी , व्याकुलता और सामाजिक व सांस्कृतिक भय भी व्याप्त है | मुझे तो इस पर्व से कई दिन पूर्व ही भयंकर स्वप्न आने शुरू हो जाते है | वैलेंटाइन डे अगर पुष्प है तो करवाचौथ शूल |

मैंने कहा कि यार क्यों पतियों के राष्ट्रीय पर्व को कोसने पर तुले हो , क्या तुम्हे इस त्यौहार में कोई भी अच्छाई नहीं दिखाई देती ? महिला निर्जला , पतियों की लम्बी उम्र के लिए व्रत रखती है और रात्रि में चंद्रमा के दर्शनोप्रांत अपने पति को खिलाने के पश्चात् ही भोजन करती है | वैलेंटाइन डे भी कोई त्यौहार है ये तो भारतीय सभ्यता और संस्कृति का सरासर अपमान है | विवाह पूर्व के प्रेम को तुम कैसे सही ठहरा सकते हो ? जहाँ करवाचौथ में सभ्यता , संस्कृति , शालीनता , त्याग , प्रेम व पवित्रता का पुट है वहीं वैलेंटाइन डे अश्लीलता व फूहड़पन का नंगा नांच है | भाई बिना सामाजिक स्वीकृति के नैन – मटक्का करते फिरना और फिर सामूहिक रूप से इकट्टे होकर उसकी नुमाईश करना , भला क्योंकर सही समझा जा सकता है ? मित्र बोला तुम्हे तो वह अवसर मिल न सका इस लिए वैलेंटाइन डे में बुराईयों के सिवाय कुछ नहीं दिखाई दे रहा है | नौजवान पीढ़ी हमसे ज्यादा समझदार है | वह अंतर्राष्ट्रीय समुदाय के साथ चलती है , जमाना हर पल बदलता है ये दुनिया पल – पल बदलती है जो सोच बदलाव के साथ नहीं बदलती , वह पिछड़ती जाती है | मैंने उसकी बात को काटते हुए कहा कि भाई ये बहस फिर कभी, अच्छा ये बताओ तुम इस त्यौहार से इतने चिढ़े हुए क्यों हो , आखिर ऐसा क्या हो गया ?

मित्र का चेहरा लाल और आँखें रुआंसी हो थयी , वह अपने जज्बातों पर काबू करता हुआ बोला मित्र ब्लेकमेलिंग की भी हद होती

है , कम से कम त्यौहार की आड़ में शोषण तो न होना चहिये | जानते हो तुम्हारी भाभी ने करवाचौथ का जो बजट मेरे सामने रखा उसे देखकर मैं बेहोश होते – होते बचा | किसी तरह स्वयं का परिस्थिति से सामंजस्य बैठाने का प्रयास कर रहा था पूरे दिन के कार्यक्रम की सूची हाथ में थमा दी | कुछ पल को मुझे ऐसा प्रतीत हुआ कि मैं कोमा में चला गया हूँ परन्तु में इतना भाग्यशाली न था |

प्रातः सूर्योदय के साथ ही श्रीमती जी को लेकर , 50 किलोमीटर दूर बालकनाथ जी के मन्दिर गया | चार घंटा लाइन में इन्तजार के बाद , पूजा – पाठ किया | अभी चित्त भक्ति रस में डूबा हुआ था कि हाथ रचवाने के लिए , मेहँदी की लाइन में लगा दिया | मेहँदी रचना के बाद घंटो उसे सुखाने के लिए रुमाल झलता रहा | कई बार गुस्सा भी आया और दिल चाहा कि उससे साफ – साफ कह दूँ कि अब बहुत हो चुका , अब हमें जल्दी से घर चलना चाहिए किन्तु वह मेरी जबान खोलने से पूर्व ही इस प्रकार घूर कर देखती जैसे की वह मुझे कच्चा ही चबा जाएगी | अंत में मेरी व्यग्रता देखकर उसने साफ – साफ कह दिया कि वह ये सब अपने लिए नहीं कर रही है उसकी बनाव –श्रंगार में बिल्कुल भी रूचि नहीं है | उसे भूखा रहकर आनन्द नहीं आ रहा है | उसका तो मन करता है कि अभी व्रत तोड़ दे किन्तु डरती है कि कहीं उसे कुछ न हो जाये | मन तो करता था कि उससे साफ – साफ कह दूँ कि वह व्रत तोड़कर उसे संसार चक्र से मुक्ति दिला दे किन्तु ये सोचकर उससे कुछ कहने की हिम्मत न हुई कि कहीं वह उसे त्रिशंकु की भांति बीच में ही न लटका दे |

पूरे महीने की पगार इस त्यौहार की भेट चढ़ गयी | मैंने कहा कि मित्र धन के बारे में मत सोचो वह तो हाथ का मैल है | माया को शास्त्रों में महा ठगनी बताया गया है | अब उसके सब्र का बांध टूट गया वह गुस्से से बोला , " अरे ओ शास्त्रों के ज्ञाता , ये मत सोच कि मैं बिल्कुल अनाड़ी हूँ , मुझे कुछ नहीं आता | जिसके पैर न फटी बिवाई , वो क्या जाने पीर पराई | सब किस्मत की बात है , तुम

मुझे उपदेश दे रहे हो यदि भाभी जी तेज तर्रार होती तो ज्ञान ध्यान भूलकर , आत्महत्या कर लेते | एक महीने की तनखाह एक दिन में उड़ा देना कहाँ की अक्लमंदी है ? अब पूरे महीने दोस्तों से उधार लेकर काम चलाना पड़ेगा | कोई उस पगली को समझाए कि इन त्योहारों के पीछे भी व्यापारियों व साहूकारों का स्वार्थ व साजिश छिपी हुई है | ” मैंने कहा कि यार श्रद्धा में तो साजिश न ढूढ़ , कम से कम धार्मिक त्योहारों की शुचिता पर तो शक न कर | सदियों से चली आ रही परम्पराओं को तो संदेहास्पद नजरो से न देख |

मेरी बात सुनकर मित्र गंभीर होकर बोला , यार जमाना बदल रहा है धर्म व परम्पराओं का अपने स्वार्थ के लिए इस्तेमाल हो रहा है इनकी आड़ में साधू और व्यापारी फूल - फल रहे है| महात्माओं का आशीर्वाद लेना ऐरो गैरो का काम नहीं रह गया है | जो धर्मस्थलों में जितना बड़ा चढ़ावा चढ़ा रहा है उतना ही बड़ा पुरस्कार पा रहा है | साधू व्यापारी बन गये है| दवाई से लेकर दाल , आटा , चीनी , चावल , आसन , मंत्र , ध्यान , ज्ञान सब कुछ बेचा जा रहा है | तुम क्या समझते हो मुफ्त में भव – सागर पार कर जाओगे | तुमने तो जान बूझकर आँखें बंद कर ली है | दीखता नहीं आज के दयानंद , विवेकानंद , शंकराचार्य , चाणक्य और विक्रमादित्य झोपड़ों में नहीं महलों में निवास करते है | शिष्यों को मोह – माया के त्याग की शिक्षा देने वाले स्वर्ण जड़ित शैया पर विश्राम करते है | दुनिया बदल रही है , साधुओं का सियासत में दखल बढ़ रहा है आम आदमी अंधविश्वास की भेट चढ़ रहा है | वो दिन दूर नहीं जब हम करवाचौथ के लिए करवे भी नहीं खरीद पाएंगे बिन धन के क्या खाक त्यौहार मनाएंगे | मित्र की बात सुनकर मैं एक गहरी सोच में डूब कर भविष्य का स्वप्न देखने में खो गया |

16

पराये बेटे

महावीर सिंह और उर्मिला देवी के बड़े पुत्र दिनेश कुमार का विवाह शांतिपूर्वक संपन्न हुआ तो उन्होंने चैन की सांस ली । दोनों पति - पत्नी अपने प्यारे पुत्र के लिए कई सो कन्याओं के साक्षात्कार ले चुके थे तत्पश्चात सविता का चयन किया गया था । दिनेश कुमार का ' स्टाफ सिलेक्शन कमीशन 'के माध्यम से सरकारी सेवा में चयन हुआ था , वह बड़ा ही सुशील , कर्मठ चरित्रवान व माता-पिता का आज्ञाकारी युवक था । उसकी छोटी बहन का विवाह एक प्राइवेट

कंपनी में कार्यरत युवक के साथ दो वर्ष पूर्व हो चुका था । छोटा भाई अभी पढ़ रहा था । उसने अपनी माता व पिता से इतना अवश्य कहा था कि ऐसी लड़की का चयन करना जो आपकी सेवा कर सके । मां अपने पुत्र से , अपने पति से भी ज्यादा प्रेम करती थी । सविता दुल्हन बनकर घर आई तो उसे अपने सपने पूरे होते हुए प्रतीत हुए । महावीर सिंह गांव में ही पढ़े थे , ग्रामीण जीवन का इन पर स्पष्ट प्रभाव दिखाई देता था , इन्होंने गांव में रहते हुए ही शहर के कालेज से स्नातक किया था और स्नातक के परिणाम के पश्चात ही इनके पिता जी ने इनका विवाह शहर की उर्मिला देवी से संपन्न करा दिया था । उर्मिला देवी ने गांव में रहने से साफ इनकार कर दिया था और मजबूरन महावीर सिंह को अपने माता - पिता को गांव में छोड़कर , शहर आना पड़ा था । वे शहर की विषमताओं से सामंजस्य बैठाने का प्रयास कर रहे थे , गांव में पढ़ते - पढ़ते उन्होंने एक डॉक्टर के पास चिकित्सा कार्य सीखा था और जब उन्हें और कहीं सफलता न मिली तो शहर की एक झुग्गी - झोपड़ी बस्ती में क्लीनिक खोल लिया । जीवन के संघर्ष के साथ - साथ उर्मिला देवी ने दो पुत्र व एक पुत्री को जन्म दिया । घर के बाहर का मोर्चा डॉक्टर साहब संभाले थे और घर के अंदर उर्मिला देवी की मेहनत रंग लायी और बड़े पुत्र के सरकारी सेवा में चयन के पश्चात संपन्नता भी आ गयी । यूँ तो मां का प्रेम अपने बच्चों के लिए स्वाभाविक होता है किंतु उर्मिला देवी का अपने पुत्रों के प्रति स्नेह उससे कुछ अधिक था , वह अपने पुत्रों के पास तब तक बैठी रहती थी जब तक वे सो नहीं जाते थे । वे देर रात तक अध्ययन करते थे और वह उनके पास बैठकर उन्हें निहारती रहती थी और अधिकतर उनके पास ही सो जाती थी । सविता पुत्रवधू बनकर घर में आई तो घर की शांति भंग हो गई , उर्मिला देवी बड़े पुत्र के प्रेम से पूर्णतया वंचित हो गई , उसे ऐसा प्रतीत हुआ जैसे उसके पुत्र को किसी ने उससे छीन लिया हो । दिन - प्रतिदिन पुत्र से बढ़ती हुई दूरी से व्यथित रहने लगी, उसे सविता के हर कार्य में नुक्स नजर आता था किंतु खुलकर मन की बात किसी से नहीं कह पाती थी । उसने दिनेश से सविता की शिकायत की तो उसने मां की बात को

गंभीरता से न लिया और कह दिया कि अभी - अभी नए घर में आई है धीरे-धीरे सब सीख लेगी । छोटा पुत्र छात्रावास में रहकर अध्ययन कर रहा था और बड़े पुत्र ने पत्नी के प्रेम में मां को भुला दिया था । उर्मिला देवी एकांकीपन का शिकार हुई तो उसे अपने पति की याद आई और वह धीरे-धीरे महावीर सिंह के समीप आने लगी । उर्मिला देवी का अधिकांश समय पुत्र वधू की कमियां निकालने व अपने पति से उन कमियों पर वार्तालाप करने में व्यतीत होता था । महावीर सिंह को पुत्र का भविष्य अंधकारमय प्रतीत हुआ तो उसने बेटे से बात कर इस समस्या से छुटकारा पाने में ही भलाई समझी । आज्ञाकारी पुत्र ने पिता के समक्ष आत्मसमर्पण कर दिया किंतु सविता ने जब महसूस किया है कि उसका पति उससे दूरी बना रहा है तो उसने विद्रोह कर दिया और पिता - पुत्र के मिलन पर पूर्णतया प्रतिबंध लगा दिया । अब पिता पुत्र गुप्त रूप से पार्क में मिलते थे और विवाह - विच्छेद की तैयारियों पर चर्चा करते थे , कई वकीलों से परामर्श लिया गया , तलाक की अर्जी देने की पूरी तैयारी कर ली गयी । इसी बीच सविता ने पुत्री को जन्म दिया जिसके कारण सभी ने विवाह विच्छेद का विचार त्याग दिया । पुत्री के जन्म के कुछ दिनों पश्चात ही सविता का सहायक अध्यापक पद पर चयन हो गया , उर्मिला देवी को बच्ची के रूप में खिलौना मिल गया और सविता का अधिकांश समय घर से बाहर विद्यालय में व्यतीत होने लगा । धीरे-धीरे सब कुछ सामान्य हो गया किंतु सास ने बहू को पुत्र से अलग करने के अपराध में क्षमा नहीं किया था , महावीर सिंह का सहयोग न मिलने के कारण वह विवश अवश्य थी किन्तु प्रतिशोध की अग्नि उसे हर पल जला रही थी ।

महावीर सिंह बड़े पुत्र के लिए सुयोग्य वधू चुनने में धोखा खा गए थे इसका उन्हें काफी अफसोस था । यूं तो उन्होंने पुत्रवधू के चुनाव में कोई जल्दबाजी नहीं की थी और अपनी तरफ से काफी छानबीन भी की थी मगर फिर भी धोखा खा गए थे। काफी चिंतन मनन के पश्चात वे इस नतीजे पर पहुंचे कि छोटे पुत्र का विवाह शहर से न

करके गांव से किया जाये। गांव की एक शिक्षित युवती के साथ छोटे पुत्र का रिश्ता तय कर दिया गया , गाँव के हिसाब से वह कुछ ज्यादा ही पढ़ी लिखी थी किंतु शहर के लिहाज से कुछ कमतर लग रही थी । उन्होंने सोचा कि ग्रामीण परिवेश की लड़की घर परिवार का ख्याल बेहतर रखेगी , शहर की लड़की की तरह संकुचित सोच की न होगी , पूरे परिवार से मिलजुल कर रहेगी । छोटे पुत्र के विवाह में महावीर सिंह ने किसी प्रकार की कमी न की । बड़ी धूमधाम से पुत्र का विवाह संपन्न हुआ । अब उर्मिला देवी के छोटे पुत्र को सरिता ने छीन लिया तो उसने अपने पति के समक्ष पूरी तरह आत्मसमर्पण कर दिया । दिन छोटी बहू की जांच पड़ताल में व्यतीत होने लगा । महावीर सिंह ने पुत्र को बिना मांगे परामर्श दिया था कि गांव की लड़की है इसे शहर के चाट बाजार मत दिखा देना । नई पीढ़ी पुरानी पीढ़ी की बात कब मानती है जो उनका पुत्र उनका मशवरा मानता घर में अधिकतर बाहर का खाना आने लगा । वे दोनों शहर के नए-नए व्यंजनों , सिनेमा घरो व शहर घूमने का भरपूर आनंद ले भी न पाये थे कि सरिता ने पुत्र को जन्म ने दे दिया । पुत्र के जन्म ने उसके पैरों के पंख काट दिये । उर्मिला देवी के लिए नया खिलौना मिला तो उसकी ईर्ष्या कुछ कम हुई ।

सविता की पुत्री 10 वर्ष की हो चुकी थी , वह कक्षा 6 में पढ़ती थी । उसके पश्चात उसे कोई संतान न हुई थी । पिछले कई वर्षों से पति - पत्नी बड़े-बड़े अस्पतालों की खाक छान रहे थे , धन अभाव न था इसलिए कितने चिकित्सकों के हाथों लूट चुके थे आखिरकार उन्होंने नियति के साथ समझौता करने में ही भलाई समझी जहाँ - तहाँ की भागदौड़ बंद कर दी । अब उर्मिला देवी को अपनी बड़ी बहू संस्कारी लगने लगी और छोटी बहू जिसे वे हीरा समझ कर लाए थे वह उसकी नजर में एक कौड़ी की कीमत की भी नहीं लग रही थी। दोनों पुत्र - वधुओं में जरा जरा सी बात पर झगड़ा हो जाता था इस बात से महावीर सिंह परेशान थे । वे खुलकर कभी किसी का पक्ष न लेते थे हालांकि उर्मिला देवी उन्हें छोटी बहू की कमियां व बड़ी बहू की

अच्छाइयां गिनाती रहती थी । काफी सोच विचार कर उन्होंने अपने परिवार की मीटिंग की और इन सब से कहा कि हमारे घर के झगड़े का एक कारण स्थानाभाव है क्यों ने हम तीनों मिलकर इस मकान को दोबारा बना ले । नीचे कारों के लिए गैरेज व हम दोनों के लिए दो कमरे बन जायेंगे और ऊपर दो मंजिलों पर आप दोनों रह लेना । अब समस्या यह थी कि सबसे ऊपर वाली मंजिल पर कौन रहेगा ? महावीर सिंह ने अपने छोटे पुत्र को सबसे ऊपरी मंजिल पर रहने के लिए राजी कर लिया तो मकान का पुनः निर्माण प्रारंभ हो गया । तीन महीने तक निर्माण कार्य चलता रहा , जब तीनों परिवार अपने - अपने नए नए घर में शिफ्ट हो गए तो महावीर सिंह ने चैन की सांस ली । अब तीनों परिवारों को एक दूसरे से खास वास्ता ने था , सब अपनी - अपनी गृहस्थी में खो गये ।

महावीर सिंह ने अवश्य नए घर के रूप में अपने लिए कैद खाने का निर्माण कर लिया था अब उर्मिला देवी उन्हें घर से बाहर न निकलने देती थी । घर में प्रवेश के पश्चात उनके आवागमन पर पहरा बैठा दिया जाता था , जीवन का एक बहुत बड़ा हिस्सा उन्होंने अपनी पत्नी से अलग रह कर काटा था और इस दौरान वे अपने मित्रों के बीच आश्रय पाए थे या यूं कहिए कि उन्हें अपने मित्रों की संगति की आदत पड़ गई थी किंतु परिवार की शांति के लिए वे हर समझौता किए जा रहे थे ।

एक दिन उर्मिला देवी ने उन्हें बताया कि बड़ी बड़ी बहू के पैर भारी है यह सुनकर उनकी खुशी का ठिकाना न रहा और इस समाचार को छोटे पुत्र के परिवार से छिपा कर रखा गया । छोटे पुत्र के एक पुत्र व एक पुत्री थी और बड़े पुत्र के सिर्फ एक लड़की । बड़ी पुत्र वधू ने पुत्र को जन्म दिया तो पूरे परिवार में खुशी की लहर दौड़ गई किंतु इस समाचार से छोटी बहू के सीने पर सांप लोट गया । बच्चों का नामकरण करने पर सभी रिश्तेदारों को आमंत्रित किया गया किंतु बड़ी बहू ने अपनी ननद को आमंत्रित करने से साफ इंकार कर दिया ।

जब महावीर सिंह ने अपने पुत्र को समझाया कि वह अपनी पत्नी को समझाए तो मध्य मार्ग पर सहमति हुई कि वह अगर अपनी बहन के पास निमंत्रण पत्र लेकर जाना चाहे तो जा सकता है किंतु वह अपनी ननद से फोन पर बातें न करेगी ना ही उसके आने पर बात करने की पहल करेगी । कार्यक्रम में छोटी बहू के पीहर से भी लोग आए थे किंतु सरिता स्वयं को कार्यक्रम में भागीदार बनाने से बचाती रही कार्यक्रम जैसे तैसे सफलतापूर्वक संपन्न हुआ । महावीर सिंह चाहते थे कि कई वर्षों के बाद आई इस खुशी में सब शामिल हो ताकि पारिवारिक एकजुटता स्पष्ट दिखाई दे किन्तु उनकी यह मनोकामना पूर्ण न हो सकी । नए मेहमान के आगमन से उर्मिला देवी के लिए जैसे उसका बड़ा पुत्र उसकी गोद में आ गया था , वह बहू जो उसे सबसे बुरी लगती थी उसके लिए उसका पुत्र लौटा कर उसके नयनों का तारा बन गई थी । दादी मां की ममता ने पुत्र के पुत्र में पुत्र के दर्शन कर पुत्र वधू को उसका पुत्र छीनने के आरोप से मुक्त कर दिया था।

खान चन्द विकल ।

www.ingramcontent.com/pod-product-compliance
Lightning Source LLC
Chambersburg PA
CBHW031303130726
47988CB00007B/2703